Ich will raus!
Einfach raus...

Jugendliche und ihr Leben mit
der Coronapandemie

Michael Longerich
(Hrsg.)

1. Auflage: April 2021

Gestaltung und Design: Lukas Longerich

Das Buch erscheint als
Book on Demand im Kid Verlag
Produktion: Kid Verlag | Samansstr. 4 | 53227 Bonn

ISBN 978-3-947759-71-2

Inhalt

Warum dieses Buch?

Kurz vor Weihnachten 2020 ging Dänemark in den zweiten Coronalockdown. Wie andere Schulen musste auch das Gymnasium in Tønder* seine Pforten schließen. Homeschooling wurde, wie schon im Frühjahr, zum Alltag. Glücklicherweise ist die Digitalisierung der Schulen in Dänemark eine Selbstverständlichkeit, so dass die Umstellung auf Homeschooling zwar viel Kraft und Disziplin von allen Beteiligten erfordert, aber technisch und auch pädagogisch kein großes Problem darstellt.

Das Besondere am Gymnasium in Tønder* ist es, dass wir Schülerinnen und Schüler mit besonderen Deutschkenntnissen haben. Sie kommen zum einen von den Schulen der deutschen Minderheit im südlichen Dänemark und zum anderen von Schulen der dänischen Minderheit südlich der deutsch-dänischen Grenze. Für diese beiden Schülergruppen sowie für andere Schülerinnen und Schüler mit einem sehr guten Deutsch hat das Gymnasium einen besonderen Leistungskurs eingerichtet: „Turbodeutsch“.

Die Schülerinnen und Schüler des ersten Jahrgangs (1g*) sind etwa 16-17 Jahre alt und besuchen seit August 2020 unser Gymnasium. Für die „Turbodeutschen“ gilt, dass viele von ihnen nach wie vor ihren Lebensmittelpunkt südlich der Grenze haben. Neben den Problemen, die andere Jugendliche in der Coronapandemie haben, kommt für „unsere“ Schülerinnen und Schüler hinzu, dass sie seit dem Lockdown physisch, psychisch, sozial und emotional von ihren neuen Klassenkameraden/ Freunden abgeschnitten sind. Vor allem fehlt ihnen der Zugang zu der dänischen Alltags- und Jugendsprache, die z.B. in den Pausen oder auf Schulfesten gesprochen wird.

Dies ist der Hintergrund für ein „Coronaprojekt“ meines Kurses „Turbodeutsch“, das von Januar bis März 2021 dauerte. Weitere Informationen dazu habe ich in meinen Einleitungen zu den vier nachfolgenden Kapiteln aufgeführt. Die Beiträge, die mir in Form von Mails, Sprechbeiträgen und Videos zugesandt wurden, waren so gut, dass ich vorschlug, daraus ein Buch zu machen. Ein Buch, das anderen jungen (und natürlich auch älteren) Menschen vielleicht ein kleines bisschen Hoffnung und Zuversicht vermitteln kann.
13 von 20 Schülerinnen und Schülern hatten Interesse daran, das Buchprojekt durchzuführen, die anderen sieben Schülerinnen und Schüler arbeiteten parallel dazu mit anderen Themen.

Die Textbeiträge in den vier Kapiteln werden durch Fotos ergänzt, welche die in den Texten geäußerten Gedanken unterstreichen, ergänzen und/oder interpretieren sollen.

Manchmal lesen sich die Beiträge, oberflächlich betrachtet, als ob sie „Banales", „schon oft Gehörtes" enthalten. Bei genauerem Lesen kann man jedoch entdecken, dass sich Alltägliches mit Nachdenklichem verbindet, dass immer wieder Sätze formuliert werden, die durch und durch „menschlich" sind und das Denken und Fühlen junger Menschen schlaglichtartig wiedergeben.

Ich bewundere meine Schülerinnen und Schüler dafür, dass sie trotz der schwierigen Pandemielage eine grundsätzlich positive Lebenseinstellung bewahrt haben. Ich denke, dass dies beim Lesen der Beiträge deutlich zu Tage tritt. Vor allem im vierten Teil, in dem über „Meine Zukunft" nachgedacht wird, zeigen die Schülerinnen und Schüler, dass sie ihre Zukunftspläne nicht durch Corona unterdrücken lassen wollen und dass es über Corona hinaus andere zukünftige Aufgaben, vor allem den Klimawandel, gibt, über die sie nachdenken und denen sie sich widmen wollen.

Die nachfolgenden Beiträge mussten so gekürzt werden, dass sie jeweils auf eine Seite passen. Ich hoffe, dass die Gedanken der Schülerinnen und Schüler dennoch deutlich vermittelt werden.
Die Reihenfolge der Beiträge ergibt sich aus dem Alphabet, wobei die Vornamen der Schülerinnen und Schüler ausschlaggebend waren.

Das Buch enthält am Schluss eine Autorenliste sowie eine alphabetische Liste mit Wörtern, die im Text mit einem Sternchen* versehen sind und Wörter/Begriffe erklären, die hauptsächlich in Dänemark bzw. im deutsch-dänischen Grenzgebiet verwendet werden.

Michael Longerich

Mein Leben im Januar 2021

Am 7. Januar 2021 hatten wir unsere erste gemeinsame Schulstunde nach den Weihnachtsferien.
Vor Weihnachten hatte ich meine Schülerinnen und Schüler nicht ordentlich in die Weihnachtsferien verabschieden können, da wir schon kurz vor Ferienbeginn nach Hause geschickt worden waren.
Woran sollten wir arbeiten? Wir hatten Friedrich Dürrenmatts Roman „Der Verdacht“ noch nicht abgeschlossen. Aber weitermachen, als wäre nichts geschehen? Corona und die Situation der Jugendlichen ignorieren? Ich entschloss mich, meinen Schülerinnen und Schülern folgende Aufgabe zu geben:

„Mein Leben im Januar 2021: Mein Leben zu Hause, ohne Schule, ohne Freunde. Denkt über eure Situation nach. Was ihr so macht, wenn ihr nicht machen dürft, was ihr normalerweise macht.
Schreibt eine Tagebuchaufzeichnung oder ein Gedicht (muss sich nicht reimen) oder macht einen Spaziergang und sprecht gleichzeitig in euer Handy.“

Wir trafen uns zum Beginn der Stunde auf unserer Plattform „Teams“*. Ich hieß die Schülerinnen und Schüler nach den Weihnachtsferien willkommen und erklärte, woran sie arbeiten sollten.
Ich wartete. Zwischendurch kamen ein paar Nachfragen – entweder in „Teams“* oder in einer Mail. Ich wartete weiter. Dann kamen die ersten Beiträge. Alle möglichen Gefühle stürmten auf mich ein: Ich war fast gleichzeitig nachdenklich, froh, betroffen, überrascht, belustigt und, und, und…
Einige hatten Gedichte geschrieben, andere Tagebuchnotizen, wieder andere schickten ihre Handyaufzeichnungen von Spaziergängen. Ich saß den ganzen Nachmittag, las und hörte zu.
So viele Gedanken auf einmal.

Michael

Ein einziges Wirrwarr

Es ist der 7. Januar. Schon wieder Januar?
Ja richtig. Ich frage mich wie jeden Monat, jede Woche, jeden Tag, wo die Zeit schon wieder geblieben ist. Man sagt, die Zeit rennt, doch sie rennt nicht nur, sie verschwimmt. Es ist ein einziges Wirrwarr aus neuen Regelungen, Mutationen, Infiziertenzahlen und leider vielen Toten.

Das mag etwas dramatisch formuliert sein, aber so ist es. Ich weiß nicht, wo die Zeit geblieben ist, und was ich in dieser Zeit gemacht habe. Ok gut. Wir wollen ja bei der Wahrheit bleiben, an einiges kann ich mich dann doch erinnern. Apropos Wahrheit. Gibt es die noch? Ja natürlich gibt es die, aber es gibt auch Leute, die sie nicht einsehen wollen oder deren Fantasie so ausgeprägt ist, dass die Vögel laut ihnen eigentlich Überwachungskameras sind.

Ja natürlich kommen die Regierungen und der Rest der Politiker auf fragwürdige Ideen. Aber Leute kommen ins Krankenhaus, weil sie sich mit dem Virus infiziert haben. Nicht weil sie versehentlich eine Überwachungskamera runtergeschluckt haben, da ihnen nichts anderes übrig blieb, als Vögel zu essen, aufgrund der von Hamsterkäufern leergeräumten Regale. Völliger Unsinn. Ich bin schon wieder am eigentlichen Thema dieses Gedichts vorbei. Falls man diesen Text so nennen kann. Egal, zurück zum Thema.

Für mich ist der Lockdown nicht so schlimm. Ich bin gern allein. Ich würde tatsächlich gerne mal wieder auf Partys gehen oder ein Elevfest* haben, obwohl mir vorher nicht so danach war. Und natürlich möchte ich mich auch gerne mal mit mehreren Personen gleichzeitig treffen. Vor allem möchte ich meine Familie im Ausland wieder sehen. Ansonsten ist es wirklich nicht schlimm.

Ich genieße es, länger schlafen zu können. Auf dem Sofa und im Bett Hausaufgaben zu machen. Zeit für mich zu haben, wenn es die Schule zulässt. Es ist schön in einer ruhigen und gemütlichen Luftblase zu leben.

Ok, ganz so ruhig ist sie dann doch wieder nicht bei allem, was man so mitbekommt. Es ist so viel, dass man es sich gar nicht merken kann. Sind die Menschen schon immer so durchgedreht? Keine Ahnung. Aber ich würde gerne etwas dagegen tun. Nicht nur vor dem Bildschirm sitzen. Mich nicht nur über die Dummheit und Intoleranz von Menschen aufregen.

Bianca

Der zweite Lockdown

Mittlerweile befinden wir uns im zweiten Lockdown. Es war vorauszusehen, dass Corona uns im Winter wieder stark im Griff haben wird. Ich schaue jedoch positiv auf das Jahr 2020 zurück. Ich konnte viel dazu lernen, meine Begeisterung für Politik ist stark gestiegen und ist mittlerweile ein starker Bestandteil meines Lebens. Ich konnte im Jahr 2020 als Schulrepräsentant einer dänischen Schule viel dazu lernen. Ich habe mich in dieser schwierigen Zeit für die Schüler eingesetzt und dafür gekämpft, dass die Unterschiede zwischen armen und reichen Familien nicht noch größer werden.

Onlineunterricht ist meiner Meinung nach ein sehr schwieriges Thema. Mir ist bewusst, dass das in dieser schwierigen Zeit das Beste ist, was man machen kann, jedoch finde ich, dass man gerade den Jüngeren in irgendeiner Art und Weise den Besuch der Schule ermöglichen sollte. Ich meine damit nicht alle, sondern nur die, die es wirklich brauchen. Es gibt nämlich Kinder, die zu Hause kein eigenes Zimmer haben, die kein WLAN haben oder einfach diesen täglichen Besuch in der Schule brauchen, und das muss meiner Meinung nach berücksichtigt werden. Genau dafür setze ich mich nun auch seit Beginn der Pandemie ein.

Ich selbst gehe mittlerweile in die 11. Klasse* und habe kein Problem mit dem Onlineunterricht. Klar ist das kein Ersatz für den normalen Unterricht (auf jeden Fall nicht in den naturwissenschaftlichen Fächern), allerdings interessiere ich mich eben nicht nur für mein Wohl, ich interessiere mich für das Wohl aller Schüler, und da liegt aktuell noch sehr viel Arbeit vor uns.

Björn

Mein Tagebuch im Januar

Die Coronasituation ist gerade leider nicht so optimal. Wir sind zu Hause und haben Unterricht über den Computer. Wir sitzen allein mit Aufgaben, die unsere Lehrer uns geben. Über „Teams"* funktioniert der Unterricht gut, aber ich freue mich sehr auf den Tag, wo wir wieder zur Schule dürfen und unsere Lehrer vor uns stehen.
Ich wünsche mir so sehr, dass wir bald wieder zurückkommen, da man auch einfach nicht so gut Hilfe bekommen kann. Ich bin aber sehr froh, dass die meisten Lehrer den Unterricht auf „Teams"* anfangen um zu erklären, was wir in der heutigen Stunde machen sollen.

Ich freue mich auch sehr, meine Freunde und meine Klasse in der Schule wiederzusehen.

Ich wohne in Tondern*, nur 3 km von der Schule entfernt. Ich bin schon öfter meinen Schulweg mit dem Fahrrad gefahren und bin auch an der Schule vorbeigekommen. Es ist ein sehr komisches Gefühl, an der Schule vorbeizufahren, da man weiß, dass man vorläufig nicht zurück zur Schule kommt und die Schule komplett leer steht.

Ich bin sehr froh, dass wir hier in Dänemark kein Ausgangsverbot haben. Ich gehe sehr oft spazieren und möchte auch mit Laufen anfangen, um an die frische Luft zu kommen. Draußen liegt zurzeit Schnee, aber bald kommt der Frühling. Darauf freue ich mich sehr, denn im Frühling scheint die Sonne, und dann wird meine Laune auch gleich viel besser.

Ich verabrede mich auch mit ein paar von meinen Freunden, und ich freue mich immer sehr, sie wiederzusehen. Sonst sehe ich nämlich nur meine Eltern, und manchmal kann man sich leider auch ein bisschen einsam fühlen, da man sonst keinen sieht.

Zum Glück geht es mit dem Impfen voran, und deswegen denke ich auch, dass wir bald wieder in die Schule zurückkommen dürfen. Ich hoffe es auf jeden Fall sehr.

Ellen

Eine andere Welt

07.01.2021

Liebes Tagebuch,

der Januar fing damit an, dass ich die Nachricht bekommen habe, dass ich zwei Wochen Onlineunterricht haben soll. Zwei Wochen sind noch auszuhalten, doch ich hoffe, dass es nicht noch verlängert wird. Ich finde es nicht schlecht, zwei Wochen Onlineunterricht zu haben, da ich in der Zeit noch zu Hause bleiben kann. Das heißt, dass ich diese zwei Wochen bei meinen Eltern in Deutschland verbringen kann. Denn ansonsten wäre ich in Dänemark im Schülerwohnheim und nur am Wochenende zu Hause. Trotzdem vermisse ich es, nicht in Dänemark zu sein und meine Freunde nicht sehen zu können.

Schade ist auch, dass man nicht viel unternehmen kann, da alles geschlossen ist. Aber da meine Eltern arbeiten und ich etwas für die Schule mache, ist es ertragbar, nirgendwo hingehen zu können. Doch am Wochenende wäre es schön, irgendwo hinfahren zu können, um einfach einmal aus dem Haus zu kommen. Und da fällt mir noch ein, dass ich nicht einmal Bogenschießen gehen darf, da es ja verboten ist, Teamsport zu betreiben, und die Sportanlagen gesperrt sind. Doch Bogenschießen ist ein Einzelsport, und unser Parkour ist in einem kleinen Waldstück, also verstehe ich nicht, warum wir unseren Sport nicht ausüben dürfen.

Und da ich nichts zu tun habe, außer für die Schule zu arbeiten, vertreibe ich mir meine Zeit mit dem Lesen. Ich denke, ich habe in der ganzen Zeit, in der ich zu Hause war, schon ganze sechs Bücher gelesen. Und dabei habe ich gemerkt, dass mir das Lesen sehr gefehlt hat, da ich sonst nie wirklich Zeit dazu hatte. Beim Bücherlesen ist es auch einfach schön, seiner eigenen Welt zu entfliehen und in eine andere einzutauchen. Gerade jetzt ist es schön, in eine andere Welt einzutauchen, wo die Welt so kompliziert geworden ist.

Hansine

Derselbe Tag in Dauerschleife

Wir sind zu Hause.
Das sind wir alle.
Die Stille und die Zeit sollten mich beruhigen.
Doch sie fühlen sich wie eine Last an.
Ich will raus.
Raus zu meiner Familie.
Raus zu meinen Freunden.
Raus sogar zu Fremden.
Einfach raus.
Meine Tage sind nicht schlimm.
Sie kommen, wie sie gehen, schleichend.
Ich führe dieselben Gespräche mit meiner Mutter
Und manchmal führe ich sie sogar mit meinem Hund.
Ich lese dieselben Bücher.
Höre dieselben Lieder.
Eigentlich lebe ich denselben Tag wieder und wieder.
Wie in einer schlechten Nachmache von „Täglich grüßt das Murmeltier".
Doch wie bei allem, so stirbt die Hoffnung zuletzt.
Und meine Hoffnung
Auf große Menschenmengen und Familienfeiern
Auf Feste mit meinen Freunden.
Ja, die wird auf jeden Fall nicht sterben.

Hedda

Der Tagebucheintrag

7. Januar 2021

Liebes Tagebuch,

mittlerweile ist das Jahr eine Woche alt. Seit fast vier Wochen befinde ich mich zuhause. Seitdem habe ich fast keinen meiner Freunde getroffen. Manchmal habe ich Probleme mit meinem Zeitgefühl. Es gibt viele Tage bei mir, die sich vom Aufbau gleichen. Ich versuche immer wieder, ein bisschen Abwechslung in mein Leben zu bringen. Vor dem Jahreswechsel habe ich mich mehr gelangweilt. Wobei man auch sagen muss, dass ich auf einige eher ausgefallene Ideen gekommen bin. Beispielsweise habe ich angefangen, Französisch zu lernen. Es ist zwar noch nicht allzu gut, aber ich sehe das auch eher als eine Art Abwechslung.

Mittlerweile würde ich behaupten, dass ich gut darin bin, mich zu beschäftigen. Mir sind auch viele positive Aspekte aufgefallen: Ich habe Ordnung in Sachen bekommen, die ich sonst immer übersehen habe. Dadurch, dass ich nicht mehr die Fahrt nach Tondern* habe, habe ich viel Zeit zum Nachdenken. Ich verbringe mehr Zeit mit meiner Familie. Ich habe viel gelesen. Ich würde auch sagen, dass meine Schlafqualität sich verbessert hat.

Ich würde nicht sagen, dass ich mich eingeengt oder isoliert fühle. Man muss natürlich sagen, dass ich einige Dinge zu meiden
versuche. Ich gehe beispielsweise sehr selten in die Stadt und treffe niemanden. Natürlich bin ich auch ein bisschen traurig. Kurz vor den Ferien hatte ich das Gefühl neue Freunde gefunden zu haben. Durch die verlängerten Ferien habe ich mit einigen lange nicht geredet. Bei dem Thema "Schule" würde ich auch sagen, dass es überwiegend positiv ist. Insgesamt denke ich schon, dass ich mit der Situation gut zurechtkomme. Vielleicht kommt es daher, dass man sich mittlerweile an diesen Lebensstil gewöhnt hat. Dennoch freue ich mich, wenn die Schule weitergeht und man sich wieder sieht.

Janik

Alltag in Zeiten von Corona

In China geht es im Jahr 2019 bereits los,
nur ein kleiner Virus ist es zu der Zeit bloß,
doch das "Coronavirus" überrollt in Windeseile die ganze Welt,
auch Europa – was uns überhaupt nicht gefällt.

Wie schützt man die Menschen? Eine Lösung muss her!
Plötzlich funktionieren Digitalisierung, Homeoffice und noch viel mehr.
Auch klären wir über sinnvolle Tools für den Betriebsalltag auf
und bringen smarte Dienste wie Microsoft Teams in Umlauf.

Nun im Jahre 2021 geht es genau so weiter mit aktuellen Renovierungen in unserem Haus werden wir alle ein bisschen zum Bauleiter und nachdem man alle Aufgaben für die Schule hat beenden können möchte man sich oftmals gerne einen Moment der Ruhe gönnen.

Johanna

Das Dilemma mit den sozialen Medien

Ich bin keine Person, die sich wirklich doll eingeengt oder belastet fühlt durch Corona oder die Bedingungen, die damit verbunden sind. Aber in einer Sache merke selbst ich, dass mein Tagesablauf, meine Routinen und meine Freizeit sich verändert haben.

Schon vor Corona hielt ich über die sozialen Medien guten Kontakt mit meinen Freunden. Auch jetzt sieht man an meiner Bildschirmzeit, dass ich viel am Handy bin. Tatsächlich ersetze ich meine Freizeit mit Freunden durch Tiktok-Videos oder Instagram-Beiträge sowie Pinterest. Ich habe auch angefangen, viel Kreatives zu machen wie eigene Ketten. Vieles bleibt aber auch bei der Idee. Mit Backen und Kochen konnte ich mich auch gut anfreunden, obwohl es mir nie lag. Durch die vielen Lockdowns und den Onlineunterricht hatte ich auch genug Zeit dafür.

Irgendwie empfinde ich die Situation deshalb als beängstigend. Wenn ich Langeweile habe, gehe ich an mein Handy. Weiß ich nicht mehr, was ich machen wollte, gehe ich automatisch auf Instagram. Warte ich auf etwas, gucke ich mir Tiktoks an. Habe ich keine sinnvolle Beschäftigung oder drücke mich vor einer, swipe ich durch meine Apps. Es ist ehrlich schrecklich geworden. Selbst das moderne Streaming von Filmen oder Serien ist langweilig geworden. Ich habe mit ein paar meiner Freundinnen darüber gesprochen, und sie sagen dasselbe, nämlich dass man sich eine Serie anmacht, um etwas im Hintergrund zu hören, während man am Handy etwas macht oder spielt.

Persönlich habe ich keine Probleme damit, mich zu beschäftigen oder mir etwas auszudenken, Pläne zu schmieden. Corona gibt mir viel Zeit für mich. Wie man sieht, habe ich mir deswegen auch eine App für diszipliniertes Sporttraining heruntergeladen, um meinen Körper fit zu halten. Diese App habe ich seit den zwei Wochen des Downloads leider noch nicht geöffnet. Ich hätte Zeit dafür gehabt…

Jona

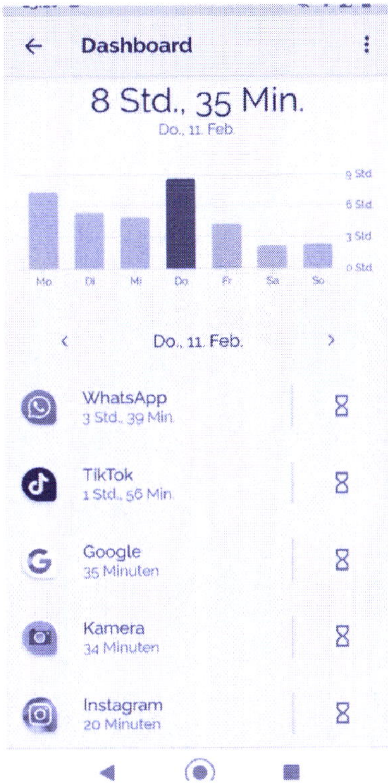
Dashboard
8 Std., 35 Min.
Do., 11. Feb.
9 Std
6 Std
3 Std
0 Std
Mo
Di
Mi
Do
Fr
Sa
So
Do., 11. Feb.
WhatsApp
3 Std., 39 Min.
TikTok
1 Std., 56 Min.
Google
35 Minuten
Kamera
34 Minuten
Instagram
20 Minuten

MindDoc
Crockbook for Don't St...
Frauen Fitness - Tr...
PS App
BOOM
Spotify

Kreatives
227 Pins · 6 Ordner
55 Min.
Jonella
197 Pins · 7 Ordner 55 Min.
PISTAZIEN CUPCAKES
Essen
133 Pins · 3 Ordner
23 Std.
Home
52 Pins · 6 Ordner
6 Tage

Wieder zu Hause

Niebüll, 7.1.2021

Liebes Tagebuch,

jetzt im Januar gibt es wieder weitaus mehr Beschränkungen und ich komme wieder viel weniger aus dem Haus.

Heute verlief der Tag wie die letzten Tage auch. Aufstehen, Videoschalte in Sport, Aufgaben beantworten in Geschichte und Mathe. Später geht es dann nochmal raus, entweder laufen mit jemandem aus der Familie oder joggen. Danach werden meistens noch Hausaufgaben gemacht und dann habe ich Freizeit zum Darts spielen, Lesen oder Videos gucken. Die Möglichkeit, sich die Zeit selbst einteilen zu können und auch generell mehr Zeit zu haben, finde ich jedoch sehr gut. Ich kann mich mit dem, was ich habe, auch ganz glücklich fühlen, denn es ist viel besser als das, was andere haben, die beispielsweise in Lebensgefahr sind.

Aber ganz ohne soziale Kontakte fällt mir das Leben doch ziemlich schwer, auch wenn ich nie der Mensch war, der sich oft mit anderen getroffen hat. Seit Weihnachten habe ich niemanden abgesehen von meiner Familie gesehen. Ich spüre schon ab und zu das Bedürfnis, mich mit jemandem zu treffen und zu sprechen, was früher ganz normal war und was ich jetzt erst wertschätzen lerne.

Aber natürlich verstehe ich die Einschränkungen auch. Hunderte Menschen sterben täglich an Corona allein in Deutschland. Und dann bin ich schon froh, dass ich Corona in meinem nächsten Umfeld noch nicht erleben musste. Und ich fühle mich jetzt im Lockdown sicherer bezüglich Corona.

Ich hatte zwar nie einen sehr stressigen Tag, was Termine, Verabredungen und so weiter angeht, aber ein bisschen Abwechslung würde mir schon guttun. Aber bis dahin werde ich zu Hause bleiben müssen und, wie alle anderen auch, warten, bis die Zeiten vielleicht besser werden und dies hoffentlich möglichst bald. Aber klagen möchte ich nicht, das können andere machen, mir geht es ja gut.

Dein Lasse

Mein Corona-Alltag

Donnerstag, 07.01.2020

Ich habe heute nicht wirklich etwas gemacht außer Schule.
Aber zurzeit darf ich ja eh nicht wirklich etwas anderes machen, ich kann mich nicht einmal mit Freunden treffen oder in die Stadt gehen oder Ähnliches. Der einzige Grund, warum ich raus gehe, ist momentan nur, um in den Stall zu gehen. Aber das auch nur, wenn ich Zeit habe.

Schule ist auch von zu Hause aus, und damit habe ich meistens genug zu tun. Ich stehe so zwischen acht und neun auf und fange dann mit den Aufgaben an, die von den Lehrern hochgeladen wurden, manchmal haben wir auch eine Videokonferenz. Ich schreibe viel mit Freunden, ab und zu telefonieren wir auch und reden über die Aufgaben oder machen Aufgaben zusammen und helfen uns.

Meistens ist es schon etwas später, wenn ich alles für die Schule abgegeben habe, und dann gehe ich oft in die Stube oder in die Küche zu meinen Eltern. Bald gibt es dann schon Abendessen und danach ist der Tag so gut wie zu Ende. Ich gucke abends oft noch Netflix und schaue nach, was wir am nächsten Tag so machen müssen.

Manchmal hätte ich lieber normal Schule, aber teilweise ist es online nicht so schlecht. Wenigstens muss ich nicht so früh aufstehen wie sonst und kann bei den meisten Aufgaben aussuchen, wann ich sie machen möchte und wie ich meine Zeit einteile. Ich muss nur gucken, dass alles bis 17 Uhr fertig ist. An sich finde ich es nicht so schlimm, nur die Schule ist ab und zu anstrengend und beschäftigt einen viel, sonst ist es eigentlich sogar ganz entspannt.

Linette

Tagebuch am 07.01

Es ist eine komische Situation, wieder zuhause zu sein. Man trifft keine Freunde, geht nicht zur Schule und kann auch nicht zum Sport. Auf einmal muss man einen neuen Zeitvertreib finden. Ich vermisse es sehr, zum Fußball zu gehen und einfach den alten Alltag wieder zu erleben. Die meiste Zeit verbringe ich an meinen Schulaufgaben, es fühlt sich manchmal so an, als ob wir viel mehr Hausaufgaben bekommen, wenn wir zuhause sind. An manchen Tagen macht man bis 17 Uhr Schulaufgaben, deshalb gehen die Tage sehr schnell vorbei. Jeder Tag fühlt sich gleich an, und die Zeit verfliegt.

Ich bin sehr viel mit meiner Familie zusammen, jetzt haben wir endlich einmal Zeit, gemeinsam zu kochen und Gesellschaftsspiele zu spielen. Meine Eltern haben auch Homeoffice, dadurch sind wir jeden Tag zusammen und genießen die Zeit. Wir konnten das ganze Haus aufräumen und Schränke aussortieren. Jetzt, wo bald der Frühling kommt, können wir auch mehr draußen im Garten sein.

Ich persönlich finde den Lockdown entspannend, mir macht es nichts aus, einfach zuhause zu sein. Ich verstehe mich sehr gut mit meiner Familie und freue mich, dass ich mit ihr Zeit verbringen darf. Ich mag es gerne, meine Freunde zu treffen, aber schaffe es auch, diese ein paar Wochen nicht zu sehen. Ich merke selbst, dass ich mir weniger Stress mache, wenn ich allein bin. Man muss nicht darüber nachdenken was man jeden Tag anzieht oder wie man aussieht. Die Zeit fühlt sich an, als ob wir Urlaub hätten, aber trotzdem müssen wir noch arbeiten.

Dieser Lockdown fühlt sich komischerweise ganz anders an als der erste im März 2020, Damals war alles so neu, und man wollte die Zeit zuhause nutzen und viel machen. Jetzt ist man viel entspannter und macht nicht mehr so viel. Die Schulen haben jetzt herausgefunden, wie der Unterricht am besten funktioniert, damit wir weniger verpassen als damals.

Natürlich freue ich mich auch schon darauf, endlich wieder Fußball spielen zu können, einkaufen zu gehen oder einfach mit Freunden zusammen zu sein. Trotzdem könnte ich noch ein paar Wochen zuhause aushalten. Wir haben es sehr gemütlich und ich bin entspannt.

Maja

Im Hier und Jetzt

Ich stehe gerade im Garten von unserem Haus. Wir haben Onlineunterricht und leider keine Schule. Ich kann mich nicht mit meinen Freundinnen treffen. Der einzige Weg, aus dem Gefängnis (also meinen vier Wänden) zu entkommen, ist, wenn ich zu meinem Pferd fahre. Doch auch bei meinem Pferd vermisse ich die Ausritte mit meinen Freundinnen. Allein ist das immer sehr langweilig und nach einer Zeit vergeht auch der Spaß. Was mir aber Spaß bringt, ist Schule, aber nicht dieser doofe Onlineunterricht. Wir müssten die Schule so viel mehr wertschätzen. Wir sind dort mit Freundinnen zusammen und lernen gemeinsam neue Sachen. In der jetzigen Zeit merken viele auch, dass Schule gar nicht so blöd ist und wie sehr man es vermisst, in die Schule zu gehen. Man hat jetzt die eigene Verantwortung, was für manche eine völlig neue Sache ist.

Zum Glück bin ich nicht allein. Ich lebe mit meiner Mama und mit meinem Bruder in einem Haus. Ich bin so froh, einen Bruder zu haben, mit dem ich etwas zusammen machen kann. Wir sind zusammen auf dem Trampolin und fahren zusammen Fahrrad. Ich glaube für Einzelkinder ist diese Zeit noch eine Nummer härter.

Wir haben jetzt Winter und es läuft Wintersport im Fernsehen, das gucke ich jedes Jahr zusammen mit meinem Opa. Es ist eine sogenannte Tradition bei uns. Es ist so traurig, dass wir so viele Sachen aufgeben müssen, nur wegen der Coronapandemie. Ich liebe meine Oma und ich liebe meinen Opa. Ich vermisse sie wirklich sehr. Ich hoffe so sehr, dass das Ganze bald ein Ende hat und man wieder in Ruhe sein Leben leben kann. Wie gerne würde ich jetzt einfach in eine andere Zeit springen und diese ganzen Sorgen hinter mir lassen.

Marlene

Moin Moin Tagebuch,

wir sind jetzt schon im zweiten Lockdown... die Schulen sind wieder zu, Freizeitaktivitäten „verboten“ und ich darf mich nur noch mit einer Person auf einmal treffen... Ja, das Leben ist echt beschissen. Schule läuft ganz ok, nur die ganzen Abgaben sind meiner Meinung nach zu viel und teilweise zu schwer... In meiner neuen Klasse habe ich mich schon ziemlich gut eingelebt, und ein paar neue Freundschaften konnte ich auch schon schließen. Trotzdem vermisse ich meine alte Schule. Auch wenn ich manche von den Leuten dort nicht leiden konnte, vermisse ich die alte Klasse echt doll und meine alte Klassenlehrerin erst recht. Ansonsten hocke ich den ganzen Tag zuhause, mache Schule oder bin am Handy.

Abends fahre ich manchmal auf dem Mofa ins Dorf und treffe mich mit meiner besten Freundin. Feiern dürfen wir auch nicht mehr, deswegen steht das Clubhaus (die Hütte, in der wir feiern) jetzt leer.

Im Moment darf ich auch nicht mehr jeden Abend los, und dazu habe ich auch nur noch zwei Kontaktpersonen, meine beiden besten Freunde. Wenn ich mich mit meinem besten Freund treffe, holt er mich meistens mit seinem Auto ab und wir fahren ein bisschen herum, manchmal machen wir einen kleinen Abstecher zu McDonalds. Ansonsten schnacken wir nur und hören Musik zusammen.
Wenn ich mich mit meiner besten Freundin treffe, laufen wir meistens durchs Dorf und schnacken. Manchmal sind wir aber auch bei ihr und gucken Netflix oder machen uns schick, um draußen Fotos zu machen.

Ich hoffe echt, dass der Mist mit Corona bald vorbei ist, weil ich da echt keinen Bock mehr draufhabe. Dieses den ganzen Tag Zuhausesitzen und dann nicht mal Freunde sehen können nervt mich einfach nur und macht mich teilweise auch ein bisschen
depressiv/traurig, haha, aber es kann ja nur besser werden, oder nicht?
Bis bald!

Liebe Grüße

Maxine

Wie habe ich das Jahr 2020 erlebt?

Eine der Schülerinnen schrieb am 7. Januar 2021 in ihrer Tagebuchaufzeichnung Folgendes:

„Zwei Wochen sind noch auszuhalten,
doch ich hoffe, dass es nicht noch verlängert wird."

Diesen Satz hatte ich im Kopf, als ich meinen Schülerinnen und Schülern vorschlug, am Thema „Corona" weiterzuarbeiten. Die Beiträge waren so gut und spannend gewesen – wir mussten einfach weitermachen. Ich hatte eine Art gemeinsames „Coronatagebuch" im Kopf, vielleicht unter dem Oberthema „Der Mensch und die Natur", das wir später mit literarischen Texten würden erweitern können.

Das obige Zitat ließ mich nicht los. Was, wenn wir, wie im Frühjahr, wirklich wochen-, ja monatelang von zu Hause aus arbeiten müssten?

Wie hatten meine Schülerinnen und Schüler die Situation im Frühjahr 2020 erlebt? Damals waren sie mit Examensvorbereitungen an ihren jeweiligen Gesamtschulen beschäftigt.

Wie haben sie eigentlich das gesamte Jahr 2020 erlebt? Woran denken sie heute, im Januar 2021, zurück?

Michael

Nur vorübergehend?

Mein 2020 hat mit einer Silvesterfeier zusammen mit meinen Freunden angefangen. An das, was Januar bis März passiert ist, kann ich mich nicht mehr wirklich erinnern. Anfang März wurden wir Schüler von meiner damaligen Schule nach Hause geschickt. Ich habe mich gefreut, weil ich dachte, dass es nur vorübergehend sein würde und wir nach paar Wochen wieder in die Schule gehen würden.

Als es Ende April war und wir immer noch zuhause bleiben mussten, fand ich es nicht mehr so super. Nicht, weil das Zuhausebleiben an sich blöd war, sondern weil es die letzte Zeit vor unserem Abschluss war und ich diese tatsächlich gerne in der Schule verbracht hätte, mit einem Chaostag und richtiger Zeugnisübergabe (Dimission).

In den ersten Wochen der Sommerferien war ich mit meinem Vater, seiner Freundin, meinem Bruder und meiner Tante wandern.
Es war anstrengend, aber sehr schön, und hat viel Spaß gemacht.

Den Rest der Ferien war ich zuhause, habe etwas mit Freunden gemacht oder Tagesausflüge mit meiner Mutter, meinem Bruder und manchmal auch meiner Cousine.

Der Schulanfang im August war gar nicht so schlimm, wie ich ihn mir vorgestellt hatte. Alles war neu, und man musste sich vor allem ans durchgehende Dänischsprechen gewöhnen, was nicht immer ganz leicht war, aber ansonsten war es gut. Das lag wahrscheinlich teils daran, dass ich Glück mit meiner Grundverlaufsklasse* hatte. Aber auch daran, dass ich gemerkt habe, dass es wirklich guttut, von manchen Leuten wegzukommen und neue kennenzulernen. Ohne die Coronavorschriften wäre es wahrscheinlich leichter gewesen, sich mit anderen anzufreunden, aber es ging auch so.

An das, was vom August bis jetzt passiert ist, kann ich mich nicht so genau erinnern. Ich hatte schöne Weihnachtstage und ein tolles Silvester. Ansonsten war alles wie immer, normaler Alltag eben.

Bianca

Meine Erfahrungen

Im März 2020 ist Corona so richtig bei uns angekommen. Ich weiß noch genau, wie wir ganz normal in die Schule gegangen sind und uns nichts weiter gedacht haben, man wusste ja noch nichts über das Virus. Wir wurden am gleichen Tag wieder nach Hause geschickt und haben "vorübergehend" Onlineunterricht bekommen.

Dass das unser Leben stark verändert hat, muss ich, glaube ich, niemandem erzählen. Jedoch habe ich mich nicht nur für mich interessiert und wie es für mich weitergeht. Ich wollte auch wissen, wie die anderen Schüler sich fühlen. Unsere neunte und unsere zehnte Klasse* hatten in der Zeit Angst, weil sie nicht wussten, wie das mit den Abschlussprüfungen aussieht, und dafür habe ich mich verwendet. Ich war zu der Zeit Schulrepräsentant der dänischen Schule in Leck, und während des Lockdowns habe ich mich für uns Schüler eingesetzt. Unter anderem dafür, dass der Präsenzunterricht für diejenigen zur Verfügung stehen soll, die sich zu Hause nicht konzentrieren können oder kein Internet oder auch kein eigenes Zimmer haben. Ich habe auch dafür gearbeitet, dass unsere Abschlussprüfungen angepasst werden.

Allein im ersten Lockdown habe ich so viel Erfahrung gesammelt und so viel Gefallen daran gefunden, die Schulen mitzugestalten, dass ich mich seitdem stark für die Politik interessiere und Lust habe, Dinge zu verändern/zu verbessern. Ich habe unter anderem auch lange Zeit mit Direktoren und Lehrern darüber diskutiert, wie es weiter gehen soll, auch nach Corona.

Seitdem ich in Tondern* bin, bin ich ja kein Schulrepräsentant mehr, aber trotzdem setze ich mich hier in Schleswig-Holstein weiterhin für Schüler ein und unterstütze unter anderem die dänische Schule in Leck zum Thema „Klimafreundliche Schulen“.

Björn

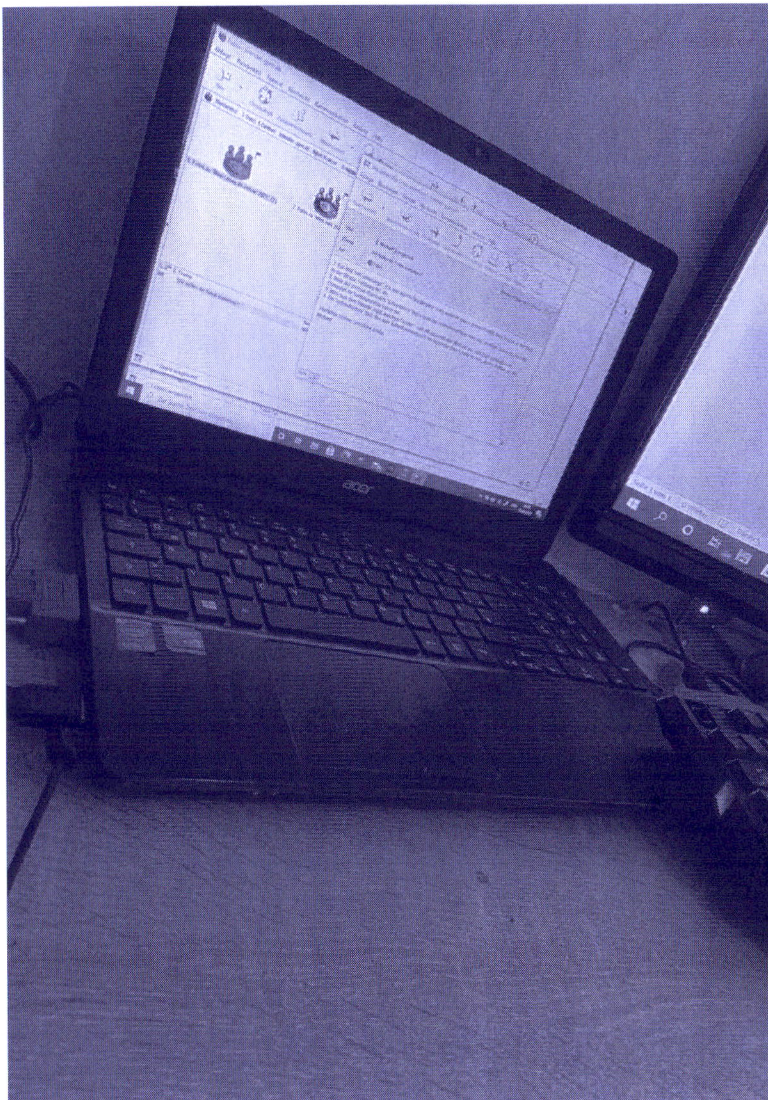

Der Rückblick

Das Jahr 2020 fing sehr gut an. Ich flog am 1. Januar mit meinem Papa nach Paris, und wir hatten dort vier sehr schöne Tage. Als wir wieder nach Hause kamen, ging es für mich direkt zur Nachschule* zurück. Eine Woche später ging es mit der Nachschule* in den Schiurlaub. Das war ein sehr schöner Urlaub, aber es war vorläufig leider auch mein letzter Schiurlaub, denn dann kam Corona. Es war auch im Jahr 2020 mein letzter Urlaub im Ausland.

Wir haben die Zeit auf der Schule sehr genossen und hatten keine Ahnung, dass wir nach drei Monaten nach Hause geschickt werden sollten. Wir haben viel für unsere Gymnastikaufführungen* geübt, aber haben leider nur ein paar Aufführungen geschafft, bevor es für uns nach Hause ging.

Am 12. März wurden alle nach Hause geschickt. Wir dachten alle, dass wir schnell wieder zurückkommen, aber wir saßen zwei Monate zu Hause. Wir hatten Unterricht über den Computer, aber unsere Lehrer haben versucht alles dafür zu tun, dass der Alltag so normal wie möglich weitergehen konnte. Der Plan war eigentlich auch, dass ich mit meinem Papa in den Schiurlaub sollte und mit der Nachschule* nach Miami, aber beides wurde leider abgesagt.

Am 10. Mai kam die gute Nachricht. Alle Nachschulen* in Dänemark durften wieder zurück zur Schule. Wir kamen am 18. Mai wieder zurück und hatten noch sechs Wochen bis zu den Sommerferien. Es gab sehr viele Regeln, aber es war so viel besser, als zu Hause zu sitzen.

Nach den Sommerferien habe ich auf dem Gymnasium in Tondern* angefangen. Auf der Schule habe ich viele neue Freunde bekommen, und es geht mir da sehr gut. Im Dezember wurde die Coronasituation schlimmer, und am 16. Dezember wurden wir wieder nach Hause geschickt. Seitdem sind wir leider nicht in der Schule gewesen.

Ellen

Ein anstrengendes, aber auch ein großartiges Jahr

Das Jahr 2020 war ein sehr aufregendes und kompliziertes Jahr. Bis zum ersten Coronalockdown hatte ich sehr viel Spaß mit Freunden. Wir haben sehr viel miteinander erlebt und sehr viel Zeit miteinander verbracht.

Vom März bis zum Juni war dann eine schwere Zeit. Ich war in der 10. Klasse*, und es waren die letzten Monate, die ich mit meiner Klasse zusammen hätte verbringen können, wenn Corona nicht gewesen wäre. Zum Glück durften wir dann doch für ein paar Wochen zur Schule, zwar nicht so wie sonst, aber wir konnten immerhin noch etwas Zeit mit Freunden und Lehrern verbringen. Dann schrieben wir unsere Abschlussprüfungen und hatten nach ein paar Wochen unseren Abschluss, der auch ganz anders war als erhofft.

In den Sommerferien war ich die meiste Zeit zu Hause. An einem Tag bekam ich dann einen Anruf vom Gymnasium in Tønder*, dass ich dort aufgenommen worden war. Als das Gespräch zu Ende war, rannte ich zu meiner Mutter und erzählte es ihr aufgeregt. Das war wahrscheinlich einer der glücklichsten Momente, die ich letztes Jahr erlebt habe.

Die ersten drei Monate auf der neuen Schule waren sehr aufregend, das Einzige, das gefehlt hat, waren meine Freunde, die sich für ein anderes Gymnasium entschieden hatten. Aber dafür habe ich sehr viele neue Leute kennengelernt und auch neue Freunde gefunden.

2020 war für mich also ein anstrengendes, aber auch ein großartiges Jahr. Die meiste Zeit habe ich allein oder zusammen mit meiner Familie verbracht, doch es gab auch Tage, an denen ich mich mit Freunden getroffen habe und eine schöne Zeit hatte. Ich kann also nicht wirklich behaupten, dass 2020 ein sogenanntes „Schwarzes Jahr“ für mich war. 2020 war eben einfach anders, doch ich habe versucht, mich, so gut es geht, an die Situation anzupassen.

Hansine

rtuelt forsøg.
idræt a20
a20 kemi
a20dansk
Engelsk a20
acer
LUK
SAMF
OP!
Grundstoffet carbon

Ein schnelles und leeres Jahr

Ich kann mich erinnern, dass 2020 eigentlich mein Jahr werden sollte, denn viele aufregende Dinge wären in diesem Jahr passiert. Manche davon sind passiert und manche wurden eben verhindert wegen eines Virus namens Corona.

Meine Klassenkameraden und ich genossen das letzte Jahr an der Ludwig-Andresen-Schule* in vollen Zügen. Den ganzen Januar, Februar und ein bisschen vom März saßen wir zu zehnt auf den Bänken in der Einkaufsstraße in Tønder* und feierten fast jedes Wochenende miteinander. Im Februar begannen wir auch, über das Virus zu sprechen. Doch zu diesem Zeitpunkt wirkte es noch weit weg und somit konnten wir sorglos weiterleben. Bis wir am 11. März darüber informiert wurden, dass alle Schüler ab sofort zuhause bleiben sollten. Zunächst sollten es nur zwei Wochen sein. Diese vergingen schnell, und am Ende wollte ich „einfach" wieder zurück in die Schule. Doch leider wurden die beiden Wochen verlängert und wieder verlängert.

So verging der März. Um ehrlich zu sein, kann ich nicht genau erzählen, was im April passiert ist, denn das war der Tiefpunkt des Lockdowns für mich. Der Onlineunterricht wurde nur noch nerviger und es gab immer mehr schriftliche Arbeiten. Aber das Schlimmste war, dass jeder Tag gleich war. Der Mai war genauso leer und gleichzeitig mit Hoffnung gefüllt. Die Infektionszahlen fielen, und der Onlineunterricht war auch irgendwie wieder auszuhalten. Und plötzlich durften wir wieder in die Schule kommen. Der Anfang war schwer, aber schön. Im Juni planten wir vor allem unsere Corona-sichere Abschlussfeier.

Danach begannen meine Sommerferien und acht Wochen später fing dann meine Zeit am Gymnasium in Tønder* an. August bis Dezember waren wunderschön an meiner neuen Schule, doch gleichzeitig verbreitete sich Corona in Dänemark immer mehr. Die Konsequenz erfuhren wir am 17.Dezember, als wir frühzeitig in die Weihnachtsferien geschickt wurden. Nach Weihnachten und Silvester war das Jahr auch schon vorbei. 2020 war für mich lang und gleichzeitig rasend schnell. Ich habe viel über mich gelernt, doch leider nicht viel gesehen oder erlebt.

Hedda

METALLER
AFGIVER
IKKE-METALLER
OPTAGER

Ein Jahr voller Auf und Abs

Das Jahr 2020 fing an wie die letzten Jahre davor. Ich kam aus den Weihnachtsferien und freute mich, meine Freunde wiederzusehen. Natürlich war dieses Jahr auch etwas Besonderes. Mit 2020 begann das letzte Halbjahr auf meiner Schule.

Januar und Februar vergingen recht nochmal. Ich habe mich für das Gymnasium beworben. Zwar hatte man bereits in den Nachrichten von Corona gehört, aber diese hatten keine Auswirkungen auf mein Leben, und man hätte niemals gedacht, wie die Dinge sich entwickeln werden.

Anfang März kam der Lockdown. Der Onlineunterricht bestand hauptsächlich daraus, sich auf das Examen vorzubereiten. Man fühlte sich etwas eingeengt, aber wir konnten damit leben. Ich musste mich daran gewöhnen, den Unterricht von zuhause zu verfolgen, ohne Kontakt zu Freunden.

Im Mai durften wir für kurze Zeit in die Schule. Dann kamen schon die Prüfungen. Auch die verliefen unter anderen Umständen, aber ich finde, dass alle Beteiligten sich gut vorbereitet hatten.

Danach waren Sommerferien. Auch diese waren anders. Ich war sehr selten schwimmen und traf mich auch nur selten mit Freunden. Die meiste Zeit habe ich mich eigentlich entweder in der Natur bewegt oder etwas gelesen. Es ähnelte ein bisschen einem Klosterleben.

Im August kam ich nach Tondern*. Ich war ein bisschen überrascht, wie locker es hier hinsichtlich Corona war. Ich hatte einen guten Start in das Schulleben. Nach dem Grundforløb* kam ich in die neue Klasse, wo ich eigentlich mit allem zurechtkam. Im Dezember wurden wir zwar frühzeitig in die Ferien geschickt, aber mittlerweile kam ich mit meinem neuen Lebensstil ganz gut zurecht.

Janik

Teams
MA
b20 - Matematik A
2020b dansk
1g TY
Fysik B - b20
Biotek_b20
1b20 - samfundsfag-fysik projekt
PETER BRØNDUM
THOR BANKE HANSEN
LUK SAMFUNDET OP!
3. UDGAVE
COLUMBUS
CORE i5

Mit Mindestabstand und Desinfektionsmittel

Das Jahr 2020, es fing wunderbar an, man erlebte viel mit den Freunden. Mitte der 10. Klasse*, das letzte Schuljahr vor dem Wechsel aufs Gymnasium. Unsere Klasse war toll, wir genossen die Zeit zusammen. Wir freuten uns auf die Abschlussfahrt nach Kopenhagen, als alles plötzlich wegen Corona abgesagt wurde und wir nicht einmal mehr zur Schule durften. Zum ersten Mal Onlineunterricht, niemand wusste so recht, wie das genau ablaufen soll, doch gemeinsam fand man nach einigen Wochen einen Weg, der für alle gut war. Bis zum Ende des Schuljahres waren wir dann nur zehn Tage zur Schule. Am letzten Tag hatten wir so eine Art "Abschlussfest", zwar ohne Eltern und ohne Alkohol, doch dafür mit Mindestabstand und Desinfektionsmittel.

Dann waren Sommerferien, und die Situation war wieder entspannter, also war man mal wieder mit den Freunden unterwegs und konnte seinen Hobbies nachgehen. Alle hofften wir, dass es nicht wieder zu einem Lockdown kommt.

Dann war es so weit, der 10. August, der erste Tag am Gymnasium in Dänemark. Wir freuten uns und hatten gleichzeitig etwas Angst, da wir lange nicht mehr wirklich dänisch geredet hatten. Die Maskenpflicht, die es in Deutschland schon seit April gab, gab es in Dänemark im August noch nicht. Allerdings hatte man sich schon daran gewöhnt, die Maske aufzuziehen, wenn man in ein Geschäft ging, und kam sich fast schon kriminell vor, dies in Dänemark nicht zu tun. Doch bald wurde auch die Situation in Dänemark schlimmer, und die Maskenpflicht wurde eingeführt. Kurz danach auch an der Schule, was sehr ungewohnt war und am Anfang auch öfter einmal vergessen wurde. Wir lernten gerade unsere neue Klasse kennen, als die Situation noch schlimmer wurde und wir wieder zuhause sitzen mussten und unsere neuen Klassenkameraden nur über Videoanrufe kennenlernen konnten.

Johanna

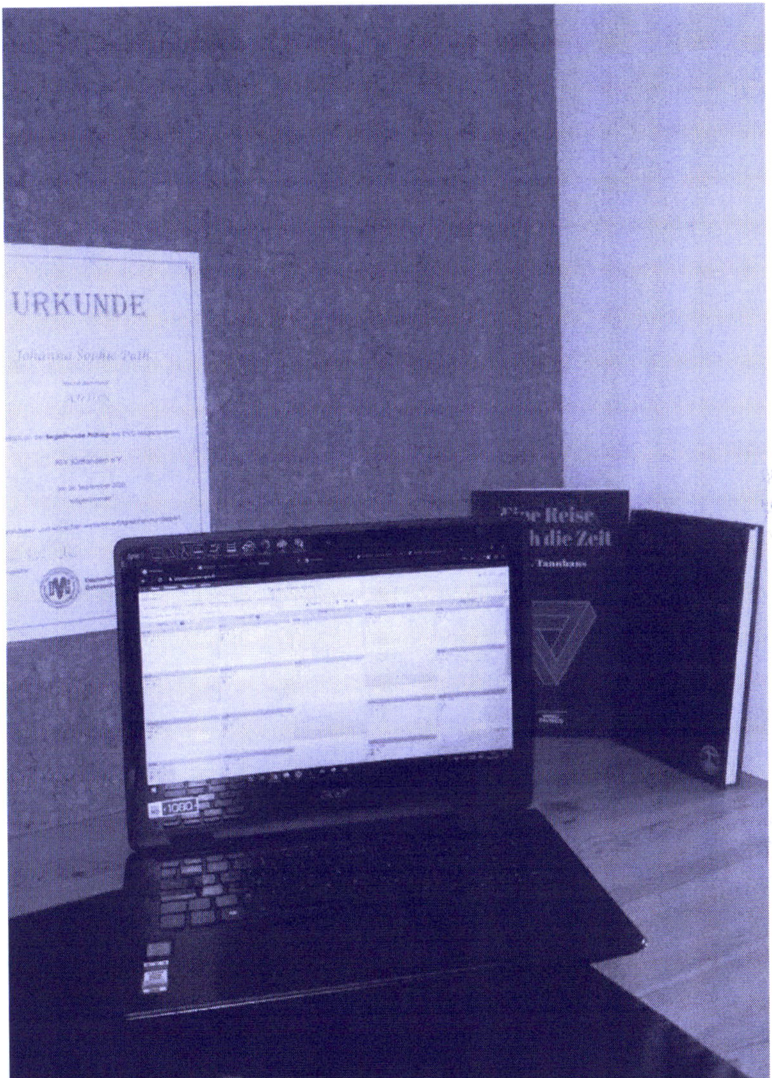
URKUNDE

Wie habe ich das Jahr 2020 er(über)lebt?

Mein 2020 hatte ein ganz besonderes Erlebnis. Ich fand mit meinen drei besten Freundinnen eine neue Freundesgruppe. Es waren vier Jungs passend zu uns vier Mädchen. Zusammen fing eine coole Zeit an, wo wir nachts Fahrrad fahren waren. An Feldern vorbei und von dem einen Dorf zum anderen. Wir versteckten uns vor der Polizei, weil Corona zu der Zeit gerade anfing und wir uns nicht in größeren Gruppen treffen durften. Wir feierten zusammen Partys und hatten immer etwas zu lachen. In unserer Gruppe wurde man nie verurteilt. Im Gegenteil sogar, sie hatten immer Platz für einen und hatten den gleichen gestörten Humor.

Als Corona schlimmer wurde, war's das mit uns. Wir versuchten, den Kontakt übers Internet zu halten, aber das war nicht so einfach. Wir hatten sogar einen, vielleicht albernen, Namen für unsere Gruppe. Und ein eigenes Lied. Keines, das wir selbst geschrieben haben, eines, wo jedem von uns das Herz aufgeht, wenn man es im Radio oder zuhause hört. Bessere Freunde hätte man sich nicht wünschen können.

Sonst kam ich gut mit Corona zurecht, obwohl ich auch zur Risikogruppe gehöre. Ich wurde nie „infiziert" und kam/komme gut mit den Lockdowns und dem Onlineunterricht zurecht. Meinen Freund kann ich auch noch treffen, ebenso meine Freundinnen. Ich halte mich an die Regeln und mache das Beste daraus.

Jona

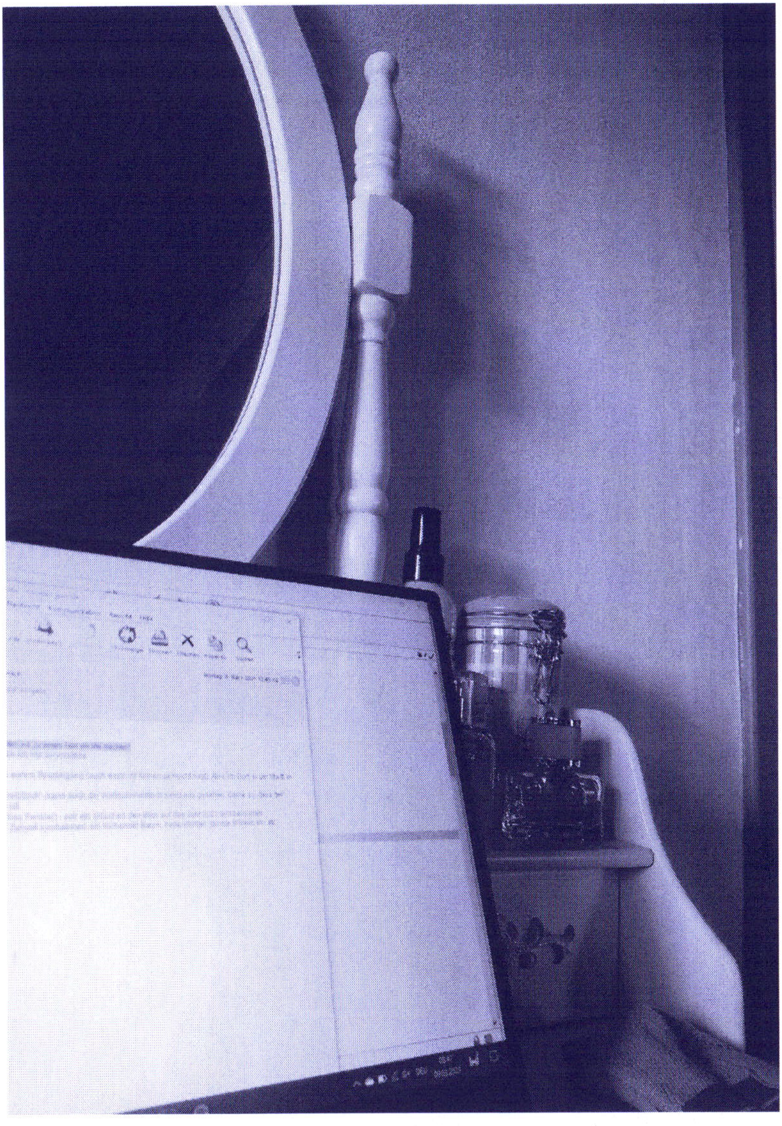

Ganz und gar nicht normal

Ich kann mich gar nicht mehr richtig an den Anfang von 2020 erinnern, weil er so „normal“ war. Erinnern kann ich mich aber noch an die frühen Coronanachrichten aus China. Und dass dann alles sehr schnell ging. Am letzten Schultag hatten wir nur eine Schulstunde. Mein letzter Schultag für Wochen und mein letzter „normaler“ Schultag bis heute.

Aber Corona wirkte weit entfernt. Die Einschränkungen nicht. Keine Kontakte mehr. Keine Schule. Meine Oma habe ich seitdem nicht mehr gesehen. Dennoch ging es mir gut. Ich bin so viel wie noch nie draußen gewesen und habe das Wandern für mich entdeckt.

Irgendwann ging glücklicherweise der Unterricht in der Schule weiter, wenn auch nur begrenzt. Unsere Klasse wurde in zwei Teile geteilt, und wir waren nur zwei Tage die Woche in der Schule. Es war einfach sehr schade, die letzten Monate mit seiner Klasse so erleben zu müssen, aber besser als nichts. Es waren einige der schönsten Tage, die ich 2020 hatte, weil ich einfach wieder Freunde sehen konnte. Nach den Examina gab es für uns nur noch den allerletzten Schultag, wo wir uns von den Lehrern und von den Klassenkameraden verabschieden konnten.
Das war sehr emotional.

Am Ende der Sommerferien wurde mein Leben endlich nicht nur von Corona dominiert, sondern von dem Schulwechsel nach Dänemark, der sehr gut gelaufen ist. In den Herbstferien war ich noch mit meiner Mutter im Wanderurlaub im Harz. Im Herbst ging es erst einmal „normal“ weiter, bis die Schule kurz vor Weihnachten wieder geschlossen wurde.

Für mich war das Jahr 2020 natürlich schon anders. Ich habe Veränderungen erleben müssen, ich habe im Frühjahr neue Hobbies gefunden und bin auf eine neue Schule gekommen. Ich habe weniger Freunde gesehen und doch neue gefunden. Mir wird 2020 in Erinnerung bleiben.

Lasse

2020 – ein ungewöhnliches Jahr

Das Jahr fing normal an. Nach den Winterferien gingen wir wieder in die Schule und bereiteten uns auf das Examen vor. Schon im Januar hatte man von dem Virus in China erfahren, und wir dachten, dass das Virus in China bleibt und nicht weiter schlimm ist.

Doch dann trat das Virus in immer mehr Ländern auf. Grenzen wurden gesperrt, Menschen mussten in Quarantäne, viele sind gestorben. Es gab immer mehr Informationen über das neue Coronavirus, und langsam wurde die Angst größer. Auch in Deutschland gab es mittlerweile die ersten Fälle, aber noch nicht in unserer Nähe.

Am 13. März wurde unsere Schule geschlossen. Wir dachten, wir könnten nach den Osterferien wieder normal in die Schule gehen, und freuten uns über die verlängerten Ferien.

Nach den Ferien hatten wir aber immer noch von zu Hause aus Schule. Zuerst war es echt komisch und teilweise kompliziert mit den Programmen, aber daran gewöhnten wir uns. Vor dem Examen waren wir zweimal pro Woche in der Schule, aber mit Abstand und in Gruppen aufgeteilt.

Nach dem Examen waren wir nur noch einmal für die Zeugnisvergabe in der Schule, dann waren schon Sommerferien. Die Zeit verging schnell, und auf einmal waren wir auf einer neuen Schule. Die Coronazahlen waren nicht mehr so hoch, und die Regeln waren schon länger wieder gelockert. Ich fing mit meinem Führerschein an, und alles war wieder so normal, wie es mit Corona geht. Im Oktober konnte ich sogar noch meinen Geburtstag feiern, aber dann wurde es wieder schlimmer und die Regeln wurden erneut verschärft.

Die Zahlen stiegen, und im November fing der zweite Lockdown an. Der zog sich bis in den Dezember und sogar ins nächste Jahr. 2020 war echt ein komisches Jahr, und dazu eines, an das man sich wahrscheinlich immer erinnern wird.

Linette

Ein gutes Jahr 2020

Die ersten Monate habe ich noch ganz normal verbracht. Die Weihnachtsferien habe ich mit meiner Familie Zuhause verbracht und ich war viel Fußball spielen. Ich war im Schuljahr 19/20 auf einem Internat in Dänemark. Im März waren wir auf Klassenfahrt in Schweden. Einen Tag, bevor wir abreisen mussten, bekamen wir die Nachricht, dass wir ab jetzt zwei Wochen coronafrei hätten. Wir dachten alle, dass es bei zwei Wochen Lockdown bleibt, und haben uns deshalb gefreut freizubekommen.

Die nächsten Monate im Lockdown war ich wieder bei meiner Familie in Deutschland. Wir hatten jeden Tag Onlineunterricht. Zum Glück wurde das Wetter wärmer, und man konnte mehr draußen sein. Im Mai durften wir endlich wieder in die Schule, ich habe mich sehr gefreut, alle wiederzusehen. Wir waren alle sehr traurig und sauer, dass wir so viel Zeit vom Internatsjahr aufgeben mussten. Im letzten Monat waren wir viel draußen und konnten den Sommer genießen. Im Juli war ich in Skagen, Dänemark, im Urlaub. Außerdem habe ich meine Freunde vom Internat* wiedergesehen.

Im August habe ich die Schule gewechselt auf ein Gymnasium in Tondern*, Dänemark. Alles fühlte sich wieder normal an. Ich habe neue Freunde gefunden und meine alten an den Wochenenden wiedergesehen. Ich konnte wieder Fußball spielen und war viel draußen, das Wetter genießen. Im November bekamen wir neue Klassen. Fußball wurde durch Corona wieder abgesagt. Ich konnte mich mit meiner neuen Klasse noch nicht so viel treffen, da die Kontaktregeln verschärft wurden. Im Dezember wurden wir kurz vor den Ferien wieder nach Hause geschickt. Weihnachten konnte ich zum Glück mit meiner Familie verbringen und an Silvester konnte ich nach Dänemark, um meine Internatsfreunde* noch einmal zu sehen. Es war ein gutes Jahr, ich habe viele neue Freunde gefunden und habe sehr viel Zeit mit ihnen verbracht.

Fürs neue Jahr hoffe ich, dass Corona bald aufhört.

Maja

Die unvergessliche Vergangenheit

Das Jahr 2020 war eine Veränderung. Das Jahr fing an, und aus irgendeinem Grund wusste ich schon, dass es anders als die vorigen wird. Ich hatte mir fest vorgenommen, mich in diesem Jahr nur auf das Golfen zu konzentrieren. Das funktionierte auch erst recht gut. Ich war sehr oft auf dem Golfplatz und habe mit meinen Freunden gespielt und trainiert.

Im Januar wurde die erste Person in Deutschland mit Corona infiziert. Ich wollte es nicht glauben, aber im März wurde es schlimmer. Die Menschen fingen an, Hamsterkäufe zu machen. Unsere Familie machte daraus aber keinen großen Schuh. Wir wollten uns nicht in etwas hineinsteigern. Die Lage wurde immer ernster, es gab die ersten Coronatoten. Ich war zu Hause und habe nichts gemacht, da nun Kontaktbeschränkungen galten.

Dann kam meine Zukunft vorbeigeritten. Es war ein Pferd, ein schwarzes Pferd. Ich war verliebt. Wir gingen also zum Besitzer und fragten, ob er nicht eine Reitbeteiligung bräuchte. Erst hatte ich dieses Pferd als Reitbeteiligung, doch schon im April wurde es mein eigenes Pferd. In der nächsten Zeit half mir mein Pferd durch die schwierigen Zeiten.

Die Tage wurden immer länger. Man konnte nichts mehr machen, ohne darüber nachzudenken, ob es richtig ist. Bricht man eine Regel? Alles, was im Kopf war, war das Thema Corona-Corona-Corona. Auch in der Schule war es so, dass man nur noch über Corona redete. Es wurden immer mehr Fälle. Immer mehr Menschen starben.

Vorher haben wir doch auch nicht über die Menschen nachgedacht, die gestorben sind. Was ist mit der Grippe? Haben wir jemals so sehr über eine Grippe geredet, die genauso schlimm werden kann? Dort sind auch viele Menschen gestorben, doch nie haben wir richtig drüber nachgedacht. Jetzt plötzlich kommt Corona, und alle reden drüber. Corona war/ist das Topthema bei allem. Man kann nicht mehr mit Menschen telefonieren, ohne über Corona zu reden. Das ist doch verrückt. Aber so ist das nun einmal.

Marlene

2020: Nicht erlebt, sondern überlebt

2020 war für keinen von uns ein einfaches Jahr. Die einen kamen mit Homeoffice gut klar, die anderen gar nicht oder es fiel ihnen schwer. Manche Läden gingen Bankrott, andere machten einen höheren Umsatz.

2020 war echt ein verrücktes Jahr. Ich zum Beispiel habe mich (meiner Meinung nach) ziemlich verändert. Ich bin von meinem „Casual-Style" zu einem mehr „Emo/Bruh-Girl-Style" übergegangen. Nicht nur mein Style hat sich geändert, sondern auch meine Art. Ich bin lieber allein auf meinem Zimmer und schaue meine Lieblingsserie. Ich glaube aber, dass ich nicht die einzige bin, der es so geht.

Trotz Corona konnten wir eine Pfadfindertour organisieren. Wir haben uns viel Mühe gegeben, um alle Punkte unseres Hygienekonzepts einzuhalten. Zum Beispiel mussten die Hände vor und nach jedem Essen nicht nur gewaschen, sondern auch desinfiziert werden, und das Essen wurde von uns Leitern verteilt und zubereitet. Außerdem mussten die Kinder, wenn wir in den Bussen unterwegs waren, eine Maske tragen. Trotz Corona war es sehr schön und eine tolle Abwechslung von Isolation und nur Zuhausesitzen.

Als Corona wieder ein wenig besser wurde, war ich echt glücklich, denn ich konnte mich wieder mit mehreren Freunden gleichzeitig treffen und wir konnten wieder feiern. Auch wenn man sich wieder mit so vielen Leuten, wie man wollte, treffen durfte, haben wir uns darauf geeinigt, dass wir vorher immer absprechen, wer zu den Feiern mitdarf, und dass wir keine Leute einladen, die sonst auch nicht kommen. Doch dann gingen die Inzidenzzahlen wieder durch die Decke, und jetzt sitzen wir hier im zweiten Lockdown und ich darf mir zwei Leute aussuchen, mit denen ich mich treffen darf, meine beiden besten Freunde.

Maxine

NIKE

Meine Erwartungen an das Jahr 2021

Nach dem Rückblick auf das Jahr 2020 arbeiteten wir mit verschiedenen Fragen, unter anderem mit dem Thema „Grund- und Freiheitsrechte in Pandemiezeiten“. Dann kamen die Winterferien.

In der ersten Stunde nach den Ferien diskutierten wir, ob die Ferien eigentlich noch richtige Ferien sein könnten, wenn doch sowohl die Schule als auch die Ferien zu Hause stattfinden würden.

Diese Diskussion führte zum nächsten Thema. Welche Erwartungen habe ich an das Jahr 2021? Was überwiegt, das Positive oder das Negative? Habe ich Befürchtungen oder Hoffnungen oder beides? Lerne ich genug, um den Anforderungen des Gymnasiums gerecht werden zu können? Was wird aus meinen Dänischkenntnissen, wenn ich nicht mehr täglich in Tønder* mein Gymnasium besuche? Was wird aus meinen sozialen Kontakten?

Michael

Das wird schon

Ich hoffe, dass sich die Lage bezüglich Corona bessert. Das würde zwar bedeuten, dass wir wieder zur Schule müssen, aber ich möchte mich wirklich wieder mit mehreren Freunden auf einmal treffen können. Außerdem würde es leichter sein, sich mit den anderen Leuten in meiner Klasse anzufreunden, wenn wir in der Schule wären.

Was mein Dänisch betrifft, habe ich mir, ehrlich gesagt, gar nicht so viele Gedanken gemacht. Natürlich wird es wieder schlechter in der Zeit, wo wir zuhause sind. Aber das wird bestimmt auch wieder besser, wenn wir wieder zur Schule gehen.

Ich denke schon, dass ich in 2g* und 3g* mitkommen werde. Ich werde sicherlich einiges aufholen oder nochmal durchgehen müssen, aber das wird schon. Es ist ja auch nicht so, als wenn die Lehrer nicht wissen, dass wir zuhause nicht denselben Unterricht wie in der Schule haben. Einige haben auch schon gesagt, dass wir manches wiederholen oder auffrischen werden.

Was die Noten in 1g* angeht, mache ich mir auch nicht so dolle Sorgen. Meine mündlichen Noten wären bestimmt besser, wenn wir in der Schule wären, aber da wir erst im ersten Jahr sind, gibt es noch genug Zeit, um sich zu verbessern. Ich wünsche mir dieses Jahr mehr mit mehreren Leuten machen zu können, und die Dinge wieder zu tun, die vorher selbstverständlich für mich waren.

Bianca

Meine Erwartungen

Ich finde es sehr schwierig zu sagen, was meine Erwartungen an das Jahr 2021 sind. Ich würde es am liebsten umschreiben und sagen, was meine Ziele für das Jahr 2021 sind.

Natürlich gibt es die normalen Dinge, wie besser in der Schule werden und…und…und…, aber ich möchte gerne auch andere Dinge erreichen.

Ich finde, 2021 geht es unter anderem um genau eines, nämlich so viele Menschen wie möglich zu impfen, damit wir wieder einen normalen Alltag erleben können. Aber nun ist das Problem, dass überraschend viele sich gegen eine Coronaimpfung aussprechen, weil sie Angst davor haben, was natürlich auch verständlich ist. Darin sehe ich meine Aufgabe. Es gibt viele Jugendliche, die sich nicht impfen lassen wollen, und die will ich davon überzeugen, dass es richtig ist, sich jetzt gegen Corona impfen zu lassen.

Es gibt aber auch wahnsinnig viele andere Dinge, die man dieses Jahr noch erreichen muss. Klimaschutz unter anderem ist ein ganz großes Thema. Ich möchte Schulen dazu bewegen, klimabewusst zu handeln. An der dänischen Schule in Leck konnten wir schon viel erreichen, aber das ist natürlich nicht die einzige Schule.

Dann gibt es zum Beispiel auch noch das Thema arm und reich. Jetzt in der Coronazeit merkt man massiv, wer zu den reicheren Menschen gehört und wer eher zu den ärmeren gehört, und dagegen muss wieder etwas getan werden. Alle Kinder müssen die gleichen Chancen bekommen.

Man könnte noch stundenlang weitermachen, aber das sind ein paar von vielen Dingen, die mich motivieren, da weiterzumachen, wo ich 2020 aufgehört habe. Meine Erwartungen sind groß, aber mit viel Arbeit ist auch vieles möglich.

Björn

Hoffnungen und Erwartungen für das Jahr 2021

Ich habe die Hoffnung, dass wir bald wieder zur Schule kommen dürfen, obwohl wir dann wahrscheinlich mehrmals die Woche getestet werden. Es ist aber definitiv viel besser als allein zu Hause zu sitzen und Unterricht über den Computer zu haben.

Ich treffe mich in dieser Zeit auch mit ein paar Freunden. Ich freue mich sehr darauf, meine Freunde viel mehr zu sehen, wenn wir wieder zur Schule kommen.

Ich habe in der letzten Zeit oft die Nachrichten gesehen, und die meisten Politiker sind auch der Meinung, dass man junge Menschen bald wieder zurück zur Schule schicken muss.

In den Fächern, die mir schwerfallen, komme ich leider nicht immer so gut hinterher wie zum Beispiel Englisch. In anderen Fächern wie Chemie und Mathe habe ich tatsächlich das Gefühl, dass ich besser geworden bin, da man zu Hause auch gleichzeitig die Möglichkeit hat, sich mehr in die Themen hineinzuversetzen.

Ich bin nicht mehr so motiviert, jeden Morgen aufzustehen und auf Teams zu gehen, weil man nicht die gleichen Möglichkeiten wie im physischen Unterricht hat. In Bezug auf meine Noten bin ich ganz ruhig, und ich sehe auch kein Problem, in der 2g* und 3g* hinterherzukommen.

Jetzt werden alle Menschen zum Glück geimpft, und deswegen denke ich, dass die Situation im Sommer viel besser aussieht. Ich bin eine der Letzten, die geimpft wird, und das wird wahrscheinlich im Juni oder Anfang Juli sein. Ich hoffe sehr, dass wir in den Sommerferien auch ohne Maske herumlaufen dürfen. Ich möchte auch sehr gerne mit meinen Eltern in den Urlaub und den Rest der Sommerferien mit meinen Freunden verbringen.

Im Allgemeinen sind meine Erwartungen und Hoffnungen für das Jahr 2021, dass die Corona-Situation besser wird und die Welt wieder normaler aussieht.

Ellen

Traum oder Alptraum?

Meine Erwartungen für 2021 sind ehrlich gesagt nicht sehr hoch. Ich habe auch nicht viele Befürchtungen für 2021. Die einzigen Befürchtungen, die ich für dieses Jahr habe, sind, dass ich nicht genug in der Schule lerne, um im nächsten Jahr mitzukommen. Doch bis jetzt geht es eigentlich in den meisten Fächern gut mit dem Lernen im Onlineunterricht. Doch es gibt auch Fächer, wo es nicht ganz so gut funktioniert und wo wir immer nur allein arbeiten müssen. Und das wird sich dann leider auf die mündlichen Noten auswirken, also wenn wir uns nie über Teams* treffen, kann man ja auch nichts wirklich mündlich bewerten. Bei den Abgaben* in Fächern wie Biologie und Mathematik ist es auch oft schwer, sie so hinzubekommen, wie man möchte, da man die Lehrer auch nicht immer fragen kann, weil mehrere in der Klasse natürlich Fragen haben und es dann immer eine gewisse Zeit dauert, bis man seine Frage stellen kann.

Meine andere Befürchtung ist, dass ich meinen 18. Geburtstag nicht mit meiner Familie und meinen Freunden feiern kann, doch bis dahin ist noch viel Zeit, also gebe ich die Hoffnung noch nicht auf.

Die sozialen Kontakte fehlen mir auch sehr, egal ob es die sozialen Kontakte im Gymnasium sind oder die außerhalb des Gymnasiums. Man fühlt sich oft allein und weiß nichts mit sich anzufangen. Manchmal frage ich mich, ob ich überhaupt noch in der Lage bin, mit anderen zu kommunizieren, da ich es jetzt so gewohnt bin, allein zu sein. Man sieht sich zwar im Onlineunterricht und schreibt miteinander, aber das fühlt sich nicht wirklich echt an. Alles zusammen fühlt sich manchmal an, als würde man träumen. Ob es ein normaler Traum ist oder ein Alptraum, kann ich dabei nicht sagen.

Hansine

Wie wird 2021???

Um ehrlich zu sein, habe ich mir für 2021 nicht so viele Gedanken, Erwartungen oder Hoffnungen gemacht. Das mag vielleicht ein wenig düster klingen. Doch es soll mich lediglich davor beschützen, nicht schon wieder von unerfüllten Plänen und Träumen enttäuscht zu werden. Ich habe mich dazu entschieden, das Jahr 2021 so zu nehmen, wie es kommt. Was bleibt mir denn eigentlich anderes übrig? Trotzdem mache ich mir manchmal Gedanken oder Sorgen über das Jahr 2021. Zum Beispiel frage ich mich oft, wie es meiner Familie geht. Die meisten meiner Verwandten leben 800 km entfernt von mir, was einen Besuch natürlich komplett ausschließt. Wir sehen uns online, über Teams*, Zoom oder Facetime. Aber das entspricht ja leider nicht der Wirklichkeit.

Außerdem mache ich mir natürlich auch Gedanken über mein Schulleben. Lerne ich eigentlich genug, um in den nächsten zwei Jahren gut mitkommen zu können? Ganz ehrlich, keine Ahnung. Ich weiß nicht, ob ich genug lerne. Und das ist vielleicht noch schlimmer; diese Ungewissheit. Ich gebe mein Bestes, doch am Ende wissen wir alle, dass wir online nicht ganz so viel Stoff durchgehen können, wie wir es im „echten" Unterricht gemacht hätten. Und das könnte ja auch meine Noten beeinflussen. Bedeutet das also, dass ich wegen des Onlineunterrichts schlechtere Noten bekommen werde? Das hoffe ich natürlich nicht, aber am Ende weiß ich das leider wieder nicht.

Und was ist mit meinem Sozialleben? Momentan sind Telefonate und SMS wie bei meiner Familie der Ersatz für physische Treffen in der „Wirklichkeit". Es ist zwar anders, aber auch irgendwie schön. Es hat vielleicht sogar seinen Charme, seine Freunde anzurufen und ihnen von meinem Tag zu erzählen und von ihrem zu hören. Und mit manchen mache ich das sogar jeden Tag, sodass fast eine engere Beziehung und Bindung zu ihnen entsteht. Einfach weil wir alle es brauchen, uns über unsere Tage auszutauschen, die so langweilig und gleich sind, dass das Hören einer bekannten und freundlichen Stimme schnell das Highlight des Tages wird. Deswegen ist mein Sozialleben tatsächlich etwas, über das ich mir die wenigsten Sorgen mache. Denn am Ende können wir ja alle unsere Freunde nicht sehen, und wenn wir gemeinsam aus der Not an einer kreativen Lösung arbeiten, dann entstehen so Sachen wie ein Online-Spieleabend oder sogar eine Online-Geburtstagsfeier.

Hedda

2021: Ein hoffentlich normaleres Jahr

2021 hat zwar angefangen, es fühlt sich aber an, als wäre 2020 noch nicht zu Ende. Ich muss sagen, dass ich nicht allzu viele Erwartungen habe. Ich denke nicht, dass sich viele Erwartungen lohnen, da die Zukunft ungewiss ist. Meine Erwartungen sind eher simpel und grundlegend.

Ich hoffe, dass bald wieder ein normalerer Alltag eintritt, wo man vielleicht wieder zur Schule kann. Ich denke nicht, dass mein Dänisch in den letzten Monaten schlechter geworden ist. Zum Glück habe ich vor den Ferien einige Freunde gefunden, mit denen ich schreiben kann. Außerdem haben wir auch viele Schulaufgaben, die dafür sorgen, dass man nicht allzu viel verlernt. Von daher würde ich eher sagen, dass mein mündliches Dänisch etwas zurückgegangen ist. Mir fehlen die Pausen, in denen man mit seinen Freunden reden konnte. Aber auch hier bin ich zuversichtlich. In den letzten Wochen hatte man mehr Zeit, um mit anderen zu reden.

Was die sozialen Kontakte angeht, bin ich etwas zwiegespalten. Ich habe einige Personen, mit denen ich im Onlineunterricht recht viel Zeit verbringe. Aber es gibt auch einige Personen, wo ich denke, dass unser Kontakt eingeschränkt ist. Ich denke, dass unsere Freundschaft "weiter" wäre, wenn wir uns regelmäßig in der Schule getroffen hätten. Zwar hatte ich am Anfang einige Probleme damit, so zu lernen wie vor dem Lockdown. Aber mittlerweile bin ich eigentlich wieder ganz gut dabei und denke auch, dass ich, wenn ich so weiter mache, keine Probleme mit meinen Noten haben werde. Ich denke, dass ich genug lerne.

Insgesamt kann man sagen, dass ich eigentlich gut dabei bin und mich mittlerweile an die Situation gewöhnt habe. Ich hoffe einfach, dass ich im Jahr 2021 da weitermachen kann, wo ich 2020 aufgehört habe. Dennoch hoffe ich, dass wir in naher Zukunft wenigstens etwas Normalität bekommen.

Janik

Onlineunterricht funktioniert doch recht gut!

Meine Befürchtungen sind, dass viele Menschen sterben und dass man das Virus nicht richtig unter Kontrolle bekommt, da es nun ja auch schon einige Mutationen gibt. Die Ausgangssperre, die nun schon in Flensburg ist, wäre etwas, das ich nicht so gut finden würde, wenn es zu uns kommt. Ich finde, man sollte auch nachts noch unterwegs sein dürfen, wenn man das möchte, und nicht komplett zuhause eingesperrt sein müssen.

Meine Hoffnungen sind, dass es reicht, was wir im Onlineunterricht lernen, und dass wir zu einem späteren Zeitpunkt keine Probleme in der Schule bekommen werden. Doch von daher, dass wir alle ja nur das Gleiche machen sollen und dadurch das Gleiche lernen wie unsere Klassenkameraden, sind wir alle auf dem gleichen Stand, und deswegen denke ich, dass das wohl reichen sollte.

Ich denke, an unseren sozialen Kontakten zu den Klassenkameraden wird sich nicht so viel ändern. Es wird wohl kaum weniger oder mehr, da wir vorher schon nicht allzu viel mit den Dänen zu tun hatten, weil wir uns noch nicht so lange kennen. Sobald man wieder zur Schule geht, wird sich das vielleicht ändern. Viele finden es schlimm, dass man nicht zur Schule kann und seine Freunde dadurch nicht oft sieht, doch ich denke, dass das eindeutig nicht das Schlimmste an der Gesamtsituation ist. Es passieren viel schlimmere Sachen, wie zum Beispiel, dass Menschen erkranken und sterben. Und damit man sich nicht so leicht ansteckt, finde ich es in Ordnung, wenn wir von zuhause aus arbeiten, auch da dies inzwischen gut funktioniert!

Johanna

Mein 2021

Meine persönlichen Erwartungen sind hoch.
Ich habe viele Ziele und Pläne, mein Jahr 2021 neu,
besser und vor allem angenehmer zu gestalten.

Über meine Schule denke ich in Bezug auf meine Zukunft herzlich wenig nach. Ich denke, dass es nicht an mir liegt, wie es mit der Öffnung der Schule oder der Beschränkung durch Corona weitergehen soll. Ich fühle mich, als würden andere von mir erwarten, etwas verändern zu können.

Ich habe mich an der Schule beworben, um mein Abitur zu machen. Ich bin lernwillig und fest überzeugt es zu schaffen. Ob mit oder ohne Corona.

Mit dem Onlineunterricht bin ich zufrieden und komme ganz gut damit zurecht. Ich folge dem Unterricht, mache meine Aufgaben und lerne damit täglich etwas dazu.

Wir hatten kaum Zeit unsere Klasse richtig kennenzulernen. Ich hatte ein paar Monate eine "Anfangsklasse". Erst danach kamen wir in unsere gewählte Klasse mit den Leuten, mit denen wir die nächsten Jahre zusammenarbeiten werden. Ich habe sie in der kurzen Zeit kaum kennengelernt. Aber es war keine schlechte Zeit.

Dass man sich nicht in Tondern* sieht, ist traurig, aber für mich gibt es auch positive Sachen daran. Ich habe z.B. nicht mehr den Stress, den weiten Weg mit Zug und Bus zu fahren und kann am Nachmittag zuhause Hausaufgaben machen oder Freizeitaktivitäten nachgehen.

Meine Noten werden vielleicht nicht die besten sein (wann sind sie es schon im ersten Jahr), aber ich werde darauf hinarbeiten, sie zu verbessern und einen guten Abschluss zu machen – egal, ob mit Corona oder ohne. Und egal, ob Homeschooling oder am Gymnasium.
Es wäre schön, meine Freundin aus Dänemark wiederzusehen und nicht nur über Snapchat mit ihr zu schreiben, aber um es ganz ehrlich auszudrücken, bin ich gerne zuhause und lerne von hier aus.

Jona

Geduld

Eigentlich hatte ich schon erwartet, jetzt schon wieder in der Schule zu sein. Aber wie das bei Corona schon immer war, so treffen selbst kurzfristige Erwartungen nur selten wie erwartet ein. Ich habe auch erwartet, im Sommer Urlaub machen zu können, und vielleicht trifft auch das nicht ein.

Ich mache mir ehrlich gesagt nicht allzu viele Sorgen, was die Schule angeht, weil ich das Gefühl habe, gut mitzukommen und weiterhin, wie in der Schule, viel zu lernen. Der Unterricht verläuft ja so normal, wie von zuhause möglich. Auch beim Examen mache ich mir keine Sorgen, ich habe das Gefühl, dass wir alle gut vorbereitet zu angepassten Examen kommen können. Ich bin trotzdem gespannt, wie es ablaufen wird, weil ich noch nicht so viele Examina hatte.

Größere Probleme sehe ich darin, mein Dänisch weiterentwickeln. Ich habe zwar auch schon vorher Dänisch gelernt, aber in Dänemark wird man dann besonders besser in der informellen Sprache. Da fehlen schon die Pausen, in denen man Dänisch reden kann. Außerdem mache ich mir Sorgen, wie es mit den sozialen Kontakten aussehen wird. Wir sind seit zwei Monaten in einer neuen Klasse und so langsam habe ich angefangen, neue Freunde zu finden. Und der wenige Kontakt über soziale Medien ist einfach nicht dasselbe.

Ich würde sehr viel machen, um wieder in die Schule kommen zu können, aber Gesundheitsschutz geht nun einmal vor, und ich werde geduldig weiter warten, bis ich wieder in die Schule kommen kann.

Ich vermute auch, dass es noch lange Zeit dauern wird, bis wir wieder in einer normaleren Welt leben werden, hoffentlich möglichst bald, aber bis dahin muss man wohl weiter durchhalten. Und wenn es dann endlich wieder so weit sein wird, ob im Sommer, Herbst oder im nächsten Jahr, werde ich mich umso mehr freuen, endlich wieder „normal" zu leben.

Lasse

Aussicht auf ein normales Weihnachten

Ich hoffe, dass meine Familie gesund bleibt und dass der Lockdown bald endet. Onlineschule finde ich nicht so schlimm, ich habe aber Angst, dass wir vielleicht nicht genug lernen und es schwerer wird, wenn wir wieder in der Schule sind und Examen haben. Ich hoffe, dass wir das alles irgendwie nachholen können und dadurch keine Nachteile haben werden. Ich bin nur froh, dass ich dieses Jahr nicht meinen Abschluss machen muss. Das wäre, glaube ich, echt anstrengend.

Ich würde mich auch gerne mal wieder mit meinen Freunden treffen, das fehlt mir schon. Man kann zwar schreiben und videotelefonieren, aber das ist ja nicht dasselbe wie sich zu treffen. Ich würde auch gerne mal wieder in die Stadt gehen und zum Beispiel mit Freunden etwas essen gehen, ganz ohne Masken. Das wird aber so schnell leider nicht klappen.

Ich hoffe, dass sich die Leute weiterhin an die Regeln halten, auch wenn es langsam echt ziemlich nervig ist. Aber einfach, damit es schneller wieder normal werden kann. Es wäre schön, wenn die Läden und Restaurants in der Stadt wieder öffnen könnten und alles wieder normal wird.

Für den Sommer wäre es auch schön, wenn man sich wieder mit mehr Leuten treffen darf, damit man zusammen an den Strand gehen und das schöne Wetter genießen kann. Auch so selbstverständliche Dinge wie mit meinen Eltern zusammen in den Laden gehen, um einzukaufen würde ich gerne wieder machen. Einfach weil man es gerade nicht darf und man dann erst merkt, wie komisch es ist, wenn so etwas eigentlich Selbstverständliches nicht mehr erlaubt ist. Es ist auch seltsam, wenn jemand aus der Familie Geburtstag hat und man überlegen muss, ob man die Familie gerade überhaupt besuchen darf. Ich hoffe, dass wir dieses Jahr zu Weihnachten wieder ohne Bedenken zusammen mit der Familie feiern können.

Linette

Neues Jahr, neues Glück

Für das Jahr 2021 habe ich negative und positive Erwartungen. Jetzt haben wir Februar und schon mehrere Wochen Lockdown. Einerseits mag ich es, zuhause zu sein, ich bin viel entspannter und habe mehr Zeit für meine Familie. Ich kann mir den langen Weg zur Schule sparen und kann die Zeit für andere Dinge nutzen. Aber dadurch, dass viele meiner Freunde in Dänemark wohnen, hatte ich seit Wochen keine sozialen Kontakte zu Freunden. Die Grenze ist geschlossen, und ich kann niemanden besuchen. Stattdessen bin ich jetzt sehr viel mit meinen Großeltern, meiner Tante und meinem Onkel zusammen.

Ich hoffe, dass ich bald alle von meiner Efterskole* wiedersehen kann und natürlich auch meine neuen Freunde aus Tønder*. Ich hätte keine Probleme, wenn wir noch ein paar Wochen Homeschooling hätten, damit sich die Situation klärt und wir bald wieder unseren Hobbys nachgehen können. Mein größter Wunsch ist, dass ich mit meiner Familie in den Sommerferien ein paar Wochen in den Urlaub fahren kann. Gerne in ein anderes Land, weil wir ja seit einem Jahr gefühlt nur zuhause waren.

In Tønder* habe ich eigentlich keine Probleme mit dem Unterricht. Ich telefoniere viel mit Freunden, und daher hat sich mein Dänisch nicht verschlechtert. Ich glaube nicht, dass der Lockdown viel an meinen neuen Freundschaften ändert. Wir sind alle in der gleichen Situation und haben alle Probleme, jemanden zu treffen, wie wir es normalerweise gewohnt sind.

Gemerkt habe ich aber, dass ich besser in der Schule lerne. Ich kann schneller um Hilfe bitten, wenn ich etwas nicht verstehe, und es fällt mir leichter, mich zu konzentrieren. Ich habe mir noch nicht so viele Gedanken gemacht, wie sich das Ganze auf die nächsten zwei Jahre auswirkt. Ich glaube, dass wir vielleicht alle erst einmal Probleme haben, wenn wir zurück in der Schule sind, aber das legt sich bestimmt nach etwas Zeit.

Maja

Das unerreichbare Ziel

Das Jahr 2021 ist unberechenbar. Niemand weiß, was kommt. Man stellt sich immer mehr die Frage, ob die Coronazeit die eigene Zukunft zerstören oder stark ins Negative verändern kann. Werde ich nicht so viel lernen wie sonst? Was ist, wenn mir so viel Lernstoff fehlt, dass ich meine Ausbildung nicht mehr schaffen kann? Wie wird meine Zukunft aussehen? Kann ich meine Ziele trotz der Krise schaffen?

Ich glaube aber, es liegt nicht an mir, dass ich meine Zukunft nicht planen kann. Ich glaube, das kann niemand so wirklich. Meine Mama hat immer gesagt, dass die schönsten Dinge, die es im Leben gibt, nicht im Voraus geplant worden sind. Aber ich muss zugeben, dass bei mir leider fast alles geplant ist. Vielleicht werde ich ja dieses Jahr ein bisschen gelassener und plane nicht mehr so viel im Voraus, lasse die Dinge kommen, wie sie kommen sollen.

Ich weiß aber nicht, ob es dafür nicht schon zu spät ist, denn ich hatte mir schon zu viele Gedanken über das Jahr 2021 gemacht. Zum Beispiel, dass mein Handicap im Golfen unter 10 sein soll und dass ich für meine Pferde da sein möchte.

Das hört sich jetzt vielleicht nach so wenig an, aber das sind schon recht hohe Ziele. Vor allem meine Ponys brauchen sehr viel Aufmerksamkeit, und um ein Handicap unter 10 zu haben, muss man auch recht viel trainieren. Ich will mich auf gar keinen Fall beschweren. Ich will nur darauf aufmerksam machen, wie viel Zeit so etwas eigentlich kostet, solche zwei kleinen Ziele, die man sich im Leben gesetzt hat, zu erreichen. Hinter jedem Ziel stecken so viel Arbeit und Mühe, die ich momentan eigentlich gar nicht habe. Aber wenn man es geschafft hat, ist man wahnsinnig stolz auf sich. Ich bin in so vielen Momenten so glücklich. Dass ich Golfen, Reiten und Schule unter einen Hut bekomme, ist nämlich nicht selbstverständlich.

Marlene

2021

Seitdem ich nicht mehr regelmäßig beziehungsweise gar nicht mehr zur Schule gehe, muss ich sagen, dass meine Noten nicht mehr so gut wie die in meinem Abschlusszeugnis sind. Klar, ich bin auf einer neuen Schule und muss mich da erst einmal eingewöhnen. Trotzdem glaube ich, dass Corona einen negativen Teil zu meinen Noten beigetragen hat.

Wie jeder Mensch wünsche ich mir für dieses Jahr, dass Corona sich wieder dauerhaft bessert oder im Idealfall sogar komplett verschwindet. Ich glaube jedoch, dass die Coronasituation sich kurz bessert, danach aber wieder ein „Abkratzer“ kommt. Das wird wahrscheinlich bedeuten, dass ich bis Ende des Jahres oder sogar bis nächstes Jahr einen Schulweg habe, wo ich circa 1 Stunde und 15 Minuten fahre (pro Weg, also knapp 2 ½ Stunden Fahrt pro Tag nur für die Schule), mich, wenn überhaupt, mit ein oder zwei Freunden treffen darf und die Laune aufgrund der Situation bei allen nur schlechter wird.

Noch einmal zurück zum Schulischen. Ich glaube nicht, dass mein Dänisch (sprachlich gesehen) schlechter wird, da wir in den Stunden ja relativ viel reden. Außerdem spreche ich mit meinen Eltern, meinen Geschwistern und manchmal auch mit meiner besten Freundin dänisch. Meine beste Freundin und ich hören auch ganz gerne dänische Lieder, was meinem Dänisch ebenfalls hilft, da man es hört und selber spricht/singt. Dass ich im Lesen schlechter werden könnte (abgesehen von der Sprache) - darüber mache ich mir keine Sorgen, da wir von der Schule aus viel lesen und ich privat auch viel lese.

Ich freue mich schon sehr darauf, wenn ich endlich wieder in die Schule kommen und mit meinen Klassenkameraden normalen Unterricht haben kann, außerdem freue ich mich darauf, wieder normal arbeiten zu gehen.

Maxine

Meine Zukunft

Der Gedanke, aus den Arbeiten der Schülerinnen und Schüler ein Buch zu machen, nahm immer mehr Form an. Nichts lag demnach näher, als sich zuletzt mit der Frage zu beschäftigen, wie die Zukunft aussehen könnte.

Woran denke ich, wenn ich mir meine Zukunft vorstelle? Projiziere ich einfach das, was ich 2020 erlebt habe, was die ersten Monate von 2021 gebracht haben und was ich für den Rest von 2021 skizziert habe, auf die Zukunft?

Denke ich vor allem an Corona, an Inzidenzwerte,
Fallzahlen und Impfstoff?

Oder dominieren vielleicht doch die „klassischen" Zukunftsvorstellungen junger Menschen: Freundschaft, Liebe, Familie, Ausbildung, Beruf?

Gibt es eine „eigene" Zukunft mit und nach Corona?

Träume, Erwartungen, Hoffnungen: Meine Zukunft.

Michael

Hoffnung auf eine gute Zeit und positive Veränderungen

Ich habe keine Ahnung, wie es 2023 aussehen könnte, wenn ich mein Abitur habe. Dass Corona uns dann nicht mehr so sehr beeinträchtigt, glaube ich kaum, hoffen tue ich es trotzdem. So denke ich auch über andere Herausforderungen, wie z.B. den Klimawandel oder Diskriminierung. Wir werden diese Probleme auf jeden Fall immer noch haben, aber vielleicht hat es sich dann etwas geändert, da glücklicherweise immer mehr darauf aufmerksam gemacht wird. Ich wünsche mir wirklich eine offenere, tolerantere und achtsamere Gesellschaft.

Vielleicht weiß ich nach meinem Abitur auch, was ich später überhaupt machen möchte. Momentan habe ich nämlich keinen richtigen Plan, aber so geht es sicher vielen, daher mache ich mir da keine großen Sorgen. Ich könnte mir vorstellen, irgendetwas mit Psychologie oder Medizin zu machen, Mediendesign oder etwas anderes Kreatives finde ich jedoch auch sehr interessant. Da es so viele Möglichkeiten gibt, ist es wahrscheinlich so schwer, sich auf etwas festzulegen. Abgesehen davon, was ich beruflich machen möchte, weiß ich zumindest schon einmal, dass ich ein Sabbatjahr machen möchte. Einfach um einiges zu sehen, Verschiedenes auszuprobieren und Dinge zu lernen, die mir später helfen könnten.

Im Großen und Ganzen hoffe ich einfach auf eine gute Zeit
und positive Veränderungen.

Bianca

Meine Zukunft

Auf die Frage, wo ich mich in drei bis vier Jahren sehe, weiß ich keine so richtige Antwort. Wie ihr bestimmt schon in meinen letzten Texten lesen konntet, interessiere ich mich ja sehr stark für Politik. Aber jetzt zu sagen, dass ich mich in 3-4 Jahren als Landtagsabgeordneter oder allgemein in der Politik sehe, wäre, denke ich, etwas mutig, weil es von so vielen Dingen abhängt und nicht jeder einfach so in die Politik gehen kann. Aber ich würde es gerne einmal probieren. Ich meine, ich liebe es, mit anderen zu diskutieren, und liebe es, anderen zuzuhören. Also einen Versuch ist es sicherlich wert.

Ansonsten denke ich aber eher, dass ich auf einen guten Beruf anstatt auf Familie und Kinder setze. Ich weiß, da sollte man sich so früh noch nicht festlegen, aber ich denke, bis ich 30-35 bin, liegt mein Fokus eher auf einem guten Beruf anstatt darauf, eine eigene Familie zu gründen etc.

Ich möchte gerne etwas verändern, genau deshalb interessiere ich mich auch schon jetzt so stark für die Politik. Ich möchte Dinge verändern, Menschen glücklich machen, und ich bin auch bereit dafür, viel Verantwortung zu übernehmen. Ich möchte nicht einfach nur so einen stinknormalen Beruf. Ich möchte gerne mehr, und dafür würde ich auch mehr arbeiten und mehr investieren.

Trotzdem, denke ich, lasse ich erst einmal vieles auf mich zukommen. Die Welt verändert sich so stark. Ich finde, es ist schwer, in so jungen Jahren bereits sagen zu können, was genau man möchte und was nicht. Ich freue mich auf die nächsten Monate und werde mich weiterhin für ganz viele Dinge einsetzen. Und alles andere nimmt man so, wie es kommt. Ich meine, hat irgendjemand 2016 die Frage: “Wo sehen Sie sich in 4 Jahren?” richtig beantwortet?

Björn

Das Leben nach dem Gymnasium

Nachdem ich mit dem Gymnasium fertig bin, gehe ich nicht davon aus, dass Corona noch unseren Alltag beeinflussen wird, aber wissen kann man es natürlich nicht. Alle werden dann geimpft sein, und deswegen denke ich, dass die Welt zu der Zeit viel besser aussehen wird.

Ich möchte gerne ein Sabbatjahr machen, und da möchte ich erst einmal ein halbes Jahr arbeiten. Wahrscheinlich da, wo ich jetzt auch arbeite, nämlich als Rettungsschwimmerin in der Schwimmhalle hier in Tondern*.

Im Dezember 2023 ist mein Plan, für eine Saison Schilehrer in Österreich zu sein. Schifahren ist nämlich eine meiner größten Leidenschaften. Ich bin jedes Jahr im Schiurlaub und bin deswegen auch gut trainiert. Allerdings wurde mein Schiurlaub wegen Corona die letzten beiden Jahre abgesagt, und deswegen habe ich nicht die Möglichkeit gehabt, weiter für mein Sabbatjahr zu trainieren, aber ich denke, dass alles schon funktionieren wird.

Ich werde dafür eine kurze Ausbildung durchführen und dann bin ich bereit für ein halbes Jahr im Schnee, und darauf freue ich mich jetzt schon.

Wenn ich wieder nach Hause komme, werde ich von zu Hause ausziehen und in eine Universitätsstadt wie Kopenhagen oder Odense ziehen. Ich möchte studieren, da ich gerne Ärztin werden möchte. Ich helfe nämlich sehr gerne Menschen und ich interessiere mich sehr für Gesundheit, und deswegen ist Arzt der perfekte Job für mich. Allerdings ist das Studium sehr lang, denn um Arzt zu werden, muss man erst einmal sieben Jahre studieren. Ich möchte danach wahrscheinlich Spezialärztin in einem Krankenhaus werden, und dafür muss man noch einmal fünf Jahre studieren. In den fünf Jahren arbeitet man allerdings schon in einem Krankenhaus oder in einer Praxis und verdient Geld.

Ich hoffe, dass alles nach meinem Plan läuft und dass mir nichts im Weg steht, meine Träume zu erreichen.

Ellen

Das Leben auf allen Ebenen genießen

Es ist schwer, sich die Welt im Jahr 2023 vorzustellen und wie mein Leben dann aussehen wird. Ich denke, dass die Welt sich nicht sehr verändern wird, doch vermute ich, dass die Menschen das Leben mehr wertschätzen, aber auch vorsichtiger sein werden. Ich nehme an, dass die Menschen sich so verändern werden, da diese Coronapandemie uns alle mitgenommen und uns eigentlich unser Leben geraubt hat. Die Coronapandemie hat uns das geraubt, was wir lieben, zum Beispiel Menschen, die am Virus leider gestorben sind, aber auch unsere Freizeit und unsere sozialen Kontakte. Wir sind zurzeit so gefangen in unserem eigenen Zuhause, dass man es leid geworden ist, zuhause zu sein. Deswegen denke und hoffe ich, dass die Menschen nach dieser Pandemie ihr Leben genießen und das machen, worauf sie Lust haben.

Ich hoffe, dass die Menschen sich aber auch mehr mit der Umwelt befassen. Man hat in dieser Pandemie gesehen, wie sich die Welt wieder erholt hat. Zum Beispiel wurde in Venedig das Wasser wieder klar und sauber. Und Australien regeneriert sich nach den vielen Bränden Anfang 2020 auch wieder sehr gut. Ich hoffe, dass die Menschen einsehen, dass die Welt, die wir kennen, so langsam durch uns zerstört wird. Daher hoffe ich, dass die Menschen mehr an die Umwelt denken und ihr helfen, anstatt ihr zu schaden.

Mein Leben wird, denke ich, auch so aussehen, und ich werde mein Leben auf allen Ebenen genießen und vielleicht auch einmal Sachen machen, die ich mich sonst nie getraut habe. Im Jahr 2023 werde ich meinen Abschluss auf dem Gymnasium machen und hoffentlich auch bestehen. Ich denke, dass ich danach studieren werde, wenn ich einen Platz an der Universität meiner Wahl bekomme. Aber bis dahin ist es noch etwas hin und darüber mache ich mir auch noch keine Sorgen, da ich erst auf dem Gymnasium angefangen habe.

Hansine

Ein neues Kapitel soll beginnen

Mir fällt es sehr schwer, meine Zukunft zu beschreiben. Denn das, was die Zukunft so spannend, aber auch unberechenbar macht, ist, dass man eben nie weiß, was eigentlich passieren wird. Hätte mich jemand vor zwei Jahren gefragt, wie 2020 und 2021 aussehen werden, dann hätte ich nie das beschrieben, was ich eigentlich erlebt habe.

Trotzdem habe ich Hoffnungen und Wünsche an meine Zukunft. Ich wünsche mir eine Zukunft mit Umarmungen und Menschenmengen, wo Masken und Abstandhalten keine Teile meines Alltages mehr sind. Ich hoffe, dass wir das Kapitel Corona beenden können und ein neues Kapitel aufschlagen können. Ein Kapitel, in dem wir Menschen jetzt auch die kleinen Dinge mehr schätzen können, wie zum Beispiel ein Treffen mit der besten Freundin. Ein Kapitel, in dem wir auch Rücksicht auf die Umwelt nehmen und ihr ihre benötigte Regenerierungszeit geben. So, wie wir es gerade gezwungenermaßen tun.

Meine Zukunft soll aus viel Lachen und Freude, aus vielen Erlebnissen und Freunden bestehen. Es soll chaotisch und viel sein. Ich möchte viel erleben und viel erreichen, darunter wahrscheinlich mein Abi und ein Studium. Es soll eben ein ganzes neues Kapitel werden.

Hedda

beisteuern. Die
satz und Deckel stand
Buffet. Zuletzt war an Hennys
darin angesetzt worden. Im April
183

Eine Zukunft voller Hoffnung

Ich denke, dass die Zukunft ungewiss ist. Ich denke nicht, dass Corona in den nächsten Jahren eine größere Rolle für mich spielen wird. Natürlich wäre ich ohne Corona wahrscheinlich in manchen Dingen weiter, wie beispielsweise in einigen Freundschaften. Darum und um weitere Dinge werde ich mich wohl in Zukunft kümmern. Es gibt einiges, was ich aufholen muss, was durch Corona ins Stoppen/Straucheln gekommen ist. Ich hoffe, dass ich irgendwann wieder mehr Zeit mit meinen Freunden und meiner Familie verbringen kann.

Mein Ziel ist es, mein Abitur hier in Tondern* zu bekommen und dann etwas zu studieren, was mich interessiert. Wahrscheinlich etwas Naturwissenschaftliches. Ich befürchte zwar, dass ich vielleicht den Kontakt zu einigen meiner jetzigen Freunde verlieren werde. Aber das gehört zum Leben dazu. Ich hoffe, dass meine neuen Freunde genauso gut wie die jetzigen sind.

Wie gesagt: Corona wird in der Zukunft kein größeres Problem sein. Ich denke, dass ich mich eher auf andere Fragen und Probleme konzentrieren werde. Wie zum Beispiel, welchen Beruf ich später ausüben möchte. Ich hoffe, ich entscheide mich für etwas, das mir Spaß macht. Man wird sich wahrscheinlich Gedanken über sich selbst machen. Wie man leben soll, zum Beispiel. Indem man vielleicht einen klimafreundlicheren Lebensstil hat. Auf all diese Fragen werde ich Stück für Stück Antworten finden.

Ich hoffe, dass ich da weitermachen kann, wo ich mich in der Gegenwart befinde. Ich freue mich auf die Zukunft und auf all die positiven Dinge, die ich erleben werde. Selbstverständlich werden sich nicht alle meine Hoffnungen bewahrheiten. Ich hoffe dennoch, dass ich eine schöne, glückliche und abwechslungsreiche Zukunft erlebe, an die man sich gerne zurückerinnert.

Janik

Aussicht auf bevorstehende Zeiten

Ich habe noch keine genaue Vorstellung davon, was ich nach dem Abitur jobmäßig machen möchte. Ich hätte eventuell eine Idee, doch weiß ich noch nicht, ob das wirklich das ist, was ich möchte. Ich finde die Frage nach dem Job sehr schwierig, da dies meiner Meinung nach eine große Entscheidung im Leben ist, weil man sich etwas aussuchen soll, das einen interessiert und wo man auch nach vielen Jahren noch Spaß am Job hat. Na ja, ich habe ja noch ein bisschen mehr als zwei Jahre Zeit und hoffe einfach, dass ich dann entschlossener bin und weiß, was ich möchte.

Nach der Schule würde ich gerne einen Van ausbauen und damit die Welt bereisen. Eine Freundin und ich planen auch schon eine Tour mit dem Van durch Europa, mal sehen, ob das klappt, wäre auf jeden Fall schön.

Ich hoffe, dass es bis zu meinem Abitur mit Corona nicht mehr so schlimm wie jetzt ist. Vielleicht können wir dann zumindest wieder ohne Masken herumlaufen und den Alltag ohne Mindestabstand genießen. Ich hoffe sehr, dass die Impfstoffe, die es nun gibt, etwas bringen und man sein Leben schon in zwei Jahren, also 2023, wieder so leben kann wie vor Corona.

Ich habe große Hoffnungen, dass sich die Menschheit innerhalb der nächsten Jahre mehr mit dem Klimawandel beschäftigen wird. Ich denke nicht bis zum Jahre 2023, da zu der Zeit Corona höchstwahrscheinlich noch im Vordergrund stehen wird. Sobald das Virus nicht mehr so schlimm ist, könnte es ja sein, dass die Politik sich daran setzt, Alternativen zum Plastik zu entwickeln, die nicht so umweltschädlich sind. Das wäre sehr gut, und ich würde es für unseren Planeten hoffen, der momentan sehr unter dem Klimawandel leidet.

Ich hoffe, dass man mit dem Impfstoff viele Menschenleben retten kann, und hoffe für alle, dass sie keine geliebten Menschen an Corona verlieren werden.

Johanna

So wie ich es möchte

Meine Zukunft gestalte ich mit Zielen, die jeder andere in meinem Alter hat. Ich möchte in der Zukunft meinen Schulabschluss zu schaffen. Dazu möchte ich mit meiner großen Liebe ein gemeinsames Leben führen, ein Haus besitzen, Katze und/oder Hund, einen Job und Kinder. Das ist die Zukunft, wie ich sie als Erwachsene führen möchte. Für alles andere richte ich mich komplett nach dem Schicksal. Wenn etwas auf mich zukommt, dann tut es das wohl, und wenn nicht, dann nicht. Das Einzige, was ich auf dem Weg vom Jugendlichen, zum Erwachsenen und alten Menschen bestimmen möchte, ist, dass ich es niemals langweilig haben möchte. Ich möchte mein Leben leben und ich möchte so viele Erinnerungen schaffen, wie ich nur kann.

Und wenn ich einen Plan machen muss, wie z.B. "Was machst du eigentlich nach der Schule?", dann gestalte ich ihn so, wie ich es möchte. Ich werde nach der Schule für ein, oder wenn es mir Spaß macht, zwei Jahre in einem kleinen Café arbeiten, um Erfahrungen mit Geld und Arbeit zu sammeln. Ich möchte mir dafür ein Café aussuchen, wo ich mich wohl fühle, die Stimmung gut passt und es mir Spaß macht, dort zu arbeiten. Das Geld soll mir da erst noch egal sein. In diesem Jahr gucke ich nebenbei nach Ausbildungsstellen, bei denen ich mich bewerben möchte. Egal, wie realistisch es ist, z.B. als Pilotin bei der Bundeswehr.

Es wird in Zukunft schwer sein, Jobs in Coronazeiten zu finden. Ich denke, es wird noch einige Zeit so weitergehen. Und wenn das Virus dann doch weg sein wird, hoffe ich, dass die Anzahl von Personen an öffentlichen Orten nicht zu sehr zunimmt. Es ist doch schon irgendwie ganz angenehm, wie es gerade ist. Viele Läden kündigen jetzt auch schon an, dass sie die Maskenpflicht zum Schutz vor allgemeinen Krankheiten beibehalten wollen.

Jona

Ein Loch in den Wolken

Noch nie war die Zukunft so ungewiss wie jetzt. Erst recht, wenn man über zwei Jahre in die Zukunft guckt. Dann habe ich wohl mein Abitur und werde einen neuen Abschnitt in meinem Leben beginnen. Durch das Coronavirus mache ich mir natürlich Gedanken über meine Zukunft und darüber, wie Corona sie verändern und beeinflussen wird.

Ich will studieren, wo und was weiß ich aber nicht. Ich stelle mir vor, dass ich wohl in Dänemark studieren werde und dass es in Richtung Geografie oder Politik gehen wird, es kann aber auch ganz anders kommen. Es kann sein, dass ich noch ein Sabbatjahr vor der Universität machen werde. Ich denke nicht, dass Corona einen großen Einfluss darauf haben wird, wie sich mein Leben nach dem Abitur gestalten wird, aber da hat man sich ja auch schon oft getäuscht.

Bezüglich eines Berufswunsches habe ich noch nicht wirklich viele Vorstellungen für die Zukunft. Ich mache mir keine großen Sorgen, dass da irgendetwas nicht klappen wird. Selbst wenn irgendetwas schiefgehen sollte, werde ich einen Plan B, C und D haben, und so blicke ich optimistisch in meine Zukunft.

Trotzdem denke ich, dass die Gesellschaft sich generell eher in die negative Richtung entwickeln wird. Die Menschen sind immer schlechter darin geworden, sich zu akzeptieren, zu respektieren und zu argumentieren. Der Hass wird auch größer. Aber ich hoffe dennoch, dass alles sich in eine positivere Richtung entwickeln wird, wenn Corona vorbei ist.

Ich glaube trotzdem, dass sich nach einem langen Unwetter wieder Lücken in den Wolken auftun werden und es für die Menschheit wieder Sonnenschein geben wird. Es werden sicherlich weiterhin Wolken am Horizont sein, und neue Probleme werden entstehen, sowohl für mich als auch für den Rest der Gesellschaft. Aber auch die werden wir bewältigen können.

Lasse

Ein normales Leben?

Ehrlich gesagt, ich weiß noch nicht so wirklich, wie ich mir meine Zukunft vorstelle. Ich weiß noch nicht, was ich nach dem Abi machen möchte. Aber ich hoffe, dass in der Zukunft wieder ein normales Leben möglich ist und man nirgendwo mehr Masken tragen muss. Das wird wahrscheinlich noch eine ganze Weile dauern. Aber hoffentlich bekommen wir Corona so schnell wie möglich in den Griff und es müssen nicht noch mehr Menschen sterben.

Ich hoffe auch, dass mehr Menschen auf das Klima achten und etwas gegen den Klimawandel unternehmen. Hoffentlich finden wir mehr Alternativen zu Plastik und achten mehr auf unsere Umwelt.

Persönliche Ziele habe ich nicht wirklich. Ich möchte einfach, dass das, was ich mache, mich glücklich macht, und ich einen Beruf finde, der mir gut gefällt. Ich mache mir eigentlich schon viele Gedanken um meine Zukunft, aber letztendlich bringt es nichts, sich verrückt zu machen, da es meistens sowieso anders kommt, als man denkt. Am besten ist es, es einfach auf sich zukommen zu lassen, da man es nicht wirklich planen kann.

Ich habe nicht direkt Angst, aber mache mir schon Sorgen, dass ich nach dem Abi immer noch nicht wirklich einen Beruf gefunden habe, der mich interessiert. Aber ich habe ja noch genug Zeit zu überlegen. Wenn ich dann immer noch nicht weiß was ich machen möchte, dann kann ich ja auch ein freiwilliges soziales Jahr machen oder ein Praktikum, um zu gucken, wie mir verschiedene Berufe gefallen.

Linette

Positiv denken

Wenn ich über die Zeit nach meinem Abitur nachdenke, freue ich mich auf alles, was ich erleben werde. Ich habe ein bisschen Angst, dass Corona mich einschränken wird, möchte aber lieber positiv denken und mich freuen.

Einen genauen Plan habe ich noch nicht. Mein jetziger Wunsch ist, nach dem Abi nach Aarhus zu ziehen und ein halbes Sabbatjahr zu nehmen, damit ich mich gut eingewöhnen kann. Ich möchte gerne etwas Zeit haben, um mir einen Job zu suchen, mich bei einem Fußballverein anzumelden und neue Leute kennenzulernen. Dafür langt mir ein halbes Jahr. Wenn ich mir mehr Zeit dafür nehme, habe ich Angst, dass ich später keine Lust mehr habe zu studieren.

Ich könnte dann im Winter mit einem Studium anfangen. Was ich studieren möchte, weiß ich noch nicht genau, aber ich denke an irgendetwas Kreatives. Gerne Fashion, Kunst oder Architektur, aber die Entscheidung werde ich wahrscheinlich recht spontan treffen.

Bis dahin hoffe ich, dass man nicht mehr so durch Corona eingeschränkt ist. Ich glaube daran, dass sich alles wieder gelegt hat und mehr Menschen geimpft sind, damit man reisen kann. Bis dahin sind auch noch über zwei Jahre Zeit, in denen ich mir nicht so viele Gedanken über die Zukunft machen, sondern lieber im Jetzt leben möchte.

Hoffentlich haben sich die Menschen dann etwas mehr an unsere Welt angepasst. Durch Corona sind viele Lücken sichtbar geworden. Wahrscheinlich wird in den nächsten Jahren vieles digitaler und moderner. Unsere Generation wird mehr Möglichkeiten bekommen, etwas zu ändern. In den letzten Jahren gab es schon viele neue Ideen, zum Beispiel die Fridays for Future- und Black Lives Matter-Demonstrationen, die ein großes und wichtiges Zeichen gesetzt haben. Davon wird in der Zukunft wahrscheinlich noch viel mehr geschehen.

Maja

Träume

Wie jeder Mensch habe ich Träume im Leben, zum Beispiel, wie ich mir meine Zukunft vorstelle. Aber entspricht davon auch irgendetwas der Realität? Es ist einfach zu träumen, aber nicht einfach zu leben. Es passieren immer Dinge, die man im Voraus nicht einberechnen kann. Probleme, die durch Streitereien entstehen. Es gibt einfach viel zu viel Negativität, auf die wir uns konzentrieren.

Mein Traum ist es, im Leben einfach glücklich zu sein. Ich möchte aufstehen und mich auf den Tag freuen. Ich möchte mich wie in einem ewigen Urlaub fühlen, wo ich mir über nichts einen Kopf machen muss. Ich möchte einen Job haben, den ich ausübe, weil ich Spaß daran habe und mich dafür interessiere und nicht wegen des Geldes. Geld macht einen nur zu einem gewissen Punkt glücklich, und wenn man den erreicht hat, steht man vor einer Mauer, die man nicht überqueren kann.

Nach der Schule möchte ich eine Ausbildung als Försterin, Tierärztin oder als Lehrerin machen. Es waren schon von klein auf meine Ideen, aber es fällt mir so schwer, eine Entscheidung zu treffen. Ich habe ja noch ein bisschen Zeit, aber ich weiß, dass ich, um diese Berufe zu erlernen, sehr gut in der Schule sein muss. Darauf fokussiere ich mich erst einmal. Ich hoffe so sehr, dass Corona mir da keinen Strich durch die Rechnung machen wird. Wir sind wie Blumen, die unbedingt blühen wollen, aber wo die Temperatur nicht stimmt und sie deshalb im Boden versteckt bleiben müssen. Wir wollen so gerne wachsen und der Welt zeigen, wozu wir fähig sind.

Habe ich Angst, mich selbst zu verlieren? Mag sein. Gebe ich auf? Niemals, denn ich glaube an das Gute. Auch wenn gerade alles im Leben negativ erscheint, gibt es Dinge, die einen glücklich machen, wie die Familie. Wir haben es irgendwann geschafft. Danach müssen viele neu anfangen, aber nie ist jemand allein. Gemeinsam schaffen wir das.

Marlene

Meine Zukunft...ja, was soll da großartig passieren?

Ich hoffe, dass ich, wenn ich hier in Tondern* fertig bin, zum Studieren nach Aarhus oder Kopenhagen kann. Mein Ziel ist es, Medizin zu studieren und am Ende vielleicht Ärztin, Chirurgin oder Gerichtsmedizinerin zu werden. Ich hatte auch überlegt, Psychologie zu studieren und Psychologin zu werden, da mich die menschliche Psyche auch sehr interessiert. Am allerliebsten möchte ich später z.B. in die USA auswandern und dort leben.

Aber im Moment hoffe ich einfach, dass die Coronalage sich verbessert und es generell ein toller Sommer wird, mit viel Sonne, Spaß, Freunden und Partys.

Ich hoffe tatsächlich auch, dass wir noch einmal einen zweiten Hund bekommen, damit unsere Hündin einen Kumpel hat. Unsere Hündin hat viele Hundefreunde, zum Beispiel unseren Nachbarhund, mit dem sie oft spielt, und beim Hundetraining. Trotzdem würde ich es cool finden, wenn wir einen zweiten Hund hätten.

Aber bevor ich großartig weiter darüber nachdenke, ob ich später wirklich auswandern möchte und wenn ja, wohin ich auswandern möchte, freue ich mich erstmal auf die nächsten Tage, Wochen, Monate. In der Hoffnung, dass hier in dem Dorf, in dem ich lebe, auch einmal etwas Spannendes passiert. Ich habe mir für die nächste Zeit außerdem vorgenommen, alle Marvelfilme in der chronologischen Reihenfolge der Geschehnisse anzuschauen, vielleicht auch noch einmal alle Harry Potter-Filme.

Maxine

Was jetzt?

Alles verschwimmt in Pandemiezeiten. Der Schulalltag und das Privatleben, zu Hause oder „draußen“ mit Freundinnen und Freunden. Arbeit und soziales Leben.

Es gibt kaum Unterschiede mehr.

Wie kann ich mich aufs Wochenende freuen, wenn ich am Freitagnachmittag, Samstag und Sonntag ebenso zu Hause sitze wie an den Tagen, an denen ich für die Schule arbeite? Übertrage ich den hektischen Schulalltag auf die Ferien und bin in den Ferien ebenfalls hektisch, statt zu entspannen? Oder übertrage ich die Ferien auf den Schullalltag und chille in meinen digitalen Schulstunden auch nur so vor mich hin?

Wenn ich etwas aus diesem Projekt gelernt habe, dann das, dass junge Menschen viel verantwortlicher denken und handeln, als dies gemeinhin dargestellt wird.

Wenn ein Großteil der Jugendlichen in Deutschland so verantwortlich mit der Coronapandemie umgeht wie die Schülerinnen und Schüler, die zu diesem Buch beigetragen haben, habe ich keine Angst davor, in den nächsten Lockdown gehen zu müssen, keine Angst vor der Zukunft. Sie werden solidarisch handeln, davon bin ich überzeugt.

Wichtig ist, dass wir die Kinder und Jugendlichen, mit denen wir – sei es als Eltern, sei es als Lehrerinnen und Lehrer – zu tun haben, ernst nehmen. Dass wir ihre Gedanken und Gefühle ernst nehmen. Und dass wir diese gemeinsam in Handlung umsetzen.

Denn nur gemeinsam können wir die Pandemie überwinden, und gemeinsam müssen wir daran arbeiten, andere Herausforderungen, nicht zuletzt die Klimakrise, zu bewältigen.

Michael

Worterklärungen

(Hier sind die Begriffe/Wörter, die im Text mit einem * versehen sind, aufgelistet.)
* 1g, 2g, 3g - die drei Klassenstufen des dänischen Gymnasiums; sie entsprechen der Oberstufe des deutschen gymnasialen Systems; am Ende von 3g steht das Abitur.
* 9.,10. Klasse - die beiden letzten Klassenstufen der dänischen Gesamtschule und der Schulen der dänischen Minderheit im nördlichen Schleswig-Holstein; es ist nach der 9. oder nach der 10. Klasse möglich, auf das Gymnasium überzuwechseln.
* 11. Klasse - gemeint ist hier die erste Klasse des dänischen Gymnasiums, das eine reine Oberstufenschule ist; häufig mit „1g" abgekürzt.
* Abgabe(n) - schriftliche Arbeit(en), die zu Hause angefertigt wird/werden; das Wort kommt einerseits vom deutschen Wort „abgeben", andererseits ist es vom dänischen Wort „aflevering" beeinflusst.
* Efterskole - eine Art Internat; in Dänemark sehr beliebt als Übergangsjahr von der Gesamtschule (9. Klasse) zum Gymnasium; die „Efterskoler" haben normalerweise ein besonderes Profil, z.B. Sport, Musik, Theater.
* Elevfest - Schulfest; das dänische Wort „elev" bedeutet Schülerin/Schüler.
* Grundforløb - die ersten drei Monate der ersten Gymnasialklasse; danach werden die Klassen, je nach Wahl der „Studienrichtungen", neu gemischt.
* Grundverlaufsklasse - siehe „Grundforløb".
* Gymnastikaufführungen – eine in der Provinz sehr beliebte Form von Veranstaltungen, wo Gymnastik-/Turnergruppen im Frühjahr vor Publikum zeigen, was sie den Winter über geübt haben; meistens eine Art von „rhythmischer Gymnastik" mit Musik, aber auch Pferdsprung, Saltos etc. in Form einer Choreografie.
* Internat - siehe „Nachschule" bzw. „Efterskole".
* Ludwig-Andresen-Schule - die Gesamtschule, 1. bis 10. Klasse, der deutschen Minderheit in Tønder.
* Nachschule - die deutsche Übersetzung des dänischen Begriffs „Efterskole"; siehe dort.
* Teams - ein digitales Kommunikationssystem, das u.a. vom Gymnasium in Tønder für den Onlineunterricht verwendet wurde und wird.
* Tondern - das deutsche Wort für die dänische Stadt „Tønder"; siehe dort.
* Tønder - dänische Stadt an der Westküste Jütlands, ein paar Kilometer nördlich der deutsch-dänischen Grenze.

Autorennamen

Bianca Mīrīte Rosenau, geb. 2004, Leck (Deutschland)
Björn Krause, geb. 2003, Sprakebüll (Deutschland)
Ellen Marie Wiege, geb. 2003, Tønder (Dänemark)
Hansine Möller, geb. 2003, (Deutschland)
Hedda Sievert, geb. 2005, Møgeltønder (Dänemark)
Janik Heyden, geb. 2004, Leck (Deutschland)
Johanna Sophie Path, geb. 2003, Klanxbüll (Deutschland)
Jona Kalkhorst, geb. 2004, Leck (Deutschland)
Lasse Lorenzen, geb. 2005, Niebüll (Deutschland)
Linette Fine Scheil, geb. 2003, Flensburg (Deutschland)
Maja Lassen, geb. 2003, Leck (Deutschland)
Marlene Lorenzen, geb. 2003, Leck (Deutschland)
Maxine-Rachel Pörksen, geb. 2004, Neukirchen (Deutschland)
Michael Longerich, geb. 1959, Tønder (Dänemark)

Um zu veranschaulichen, wo die Autoren dieses Buches im Verhältnis zur deutsch-dänischen Grenze und zum Gymnasium in Tønder wohnen, ist hier der Wohnort, nicht der Geburtsort, angegeben.